COLLECTION POÉSIE

1230-1285 ?

RUTEBEUF

Poèmes de l'infortune

et autres poèmes

Traduction,
préface, notes et commentaires
de Jean Dufournet
Professeur à la Sorbonne

nrf

GALLIMARD

PRÉFACE

Nous ne savons rien de la vie de Rutebeuf, un Champenois qui vécut à Paris dans la seconde moitié du XIIIe siècle. Nous en sommes réduits à l'imaginer, à la reconstituer à partir de son œuvre, à interpréter son surnom dont le poète a fait plusieurs fois l'exégèse en rude bœuf[1] *et qui se révèle singulièrement ambigu. Fruste, bourru, lourd comme un bœuf de labour qui creuse avec obstination le même sillon, reprend les mêmes jeux poétiques et les mêmes développements, il se rattache, par-delà la courtoisie dont il rejette la morale et le style, à la tradition épique des chansons de geste et des premières croisades. Si le poète* rudement œuvre *comme il l'écrit dans* Le Mariage de Rutebeuf *(vers 45) et* La Voie de paradis *(vers 18-19), c'est que sa condition instable et difficile de jongleur, qui n'a jamais pu devenir le ménestrel d'un prince, constitue une entrave constante à la création poétique. Mais du bœuf, qui est l'animal divin de la crèche et de saint Luc, il a l'ardeur, la persévérance, la modestie, la bonté et l'esprit de sacrifice qui finissent par triompher de toutes les difficultés, la force et le pouvoir de creuser le sillon spirituel selon Denys l'Aréopagite. Cependant, la forme la plus fréquente du surnom est* Rustebués, *dont le premier*

1. Par exemple dans *Le Dit d'Hypocrisie*, vers 45-46, et *La Vie de sainte Marie l'Égyptienne*, vers 1301-1302.

élément (ruste, ruiste) *signifie « vigoureux », « impétueux », et fait du poète un taureau déguisé en bœuf, dans une dualité contradictoire, opposant le* moi, *objet des malheurs, et le* je, *qui est la conscience souffrante, peu à peu dépouillée de sa cohérence, de son humanité, de sa réalité.*

Ce surnom ambigu reflète le caractère disparate de l'œuvre de Rutebeuf, témoin actif des grands débats de son temps (sur la croisade et les moines mendiants[2]*), poète de l'actualité qui dénonce le mal avec la passion de la vérité et qui travaille souvent à la commande, dépendant d'autrui pour sa subsistance, et dont la vie connut les vicissitudes inhérentes à cette condition, encore que la permanence des thèmes plaide en faveur d'une sincérité certaine. La poésie de Rutebeuf — clerc par le savoir et jongleur par le métier — cultive tous les tons, tous les genres : il a poursuivi de ses critiques les moines mendiants, ses bêtes noires, et leurs protecteurs, pour défendre l'université ; il a prêché la croisade que tous les ordres de la société tendaient à négliger ; il a montré, dans ses* Poèmes de l'infortune, *au-delà de l'image traditionnelle du pauvre jongleur, le drame et la poésie de la pauvreté, principe unifiant de l'œuvre, en une vertigineuse litanie, toujours recommencée ; il n'a pas négligé les plaisanteries et l'humour des fabliaux dont* Le Testament de l'âne *est un très bel exemple ; il a écrit les vies de sainte Marie l'Egyptienne, la courtisane repentie, et de sainte Elisabeth de Hongrie, des poèmes à la Vierge, et une pièce de théâtre sur la déchéance et la rédemption du clerc Théophile, double du poète — miracle au demeurant difficile à interpréter : retrace-t-il, à grands traits et de manière symbolique, l'itinéraire réel du poète, ou exprime-t-il ses tentations, ses rêves, ses espoirs, ou bien présente-t-il un cas extrême qui atténue les propres fautes de Rutebeuf ?*

2. Pour les moines mendiants et l'environnement historique, voir ci-dessous « Un monde en crise », p. 281.

Cette dispersion thématique s'observe dans chaque poème que menace la disparité des motifs qui le composent, accentuée par une versification à l'image de cette instabilité fondamentale, puisqu'elle est souvent fondée sur la succession de deux octosyllabes et d'un quadrisyllabe sur la même rime sans que les trois vers qui riment constituent à eux seuls une même phrase. Cette instabilité poétique est à l'image de la condition du jongleur, malheureux par sa propre faute, à cause de ses faiblesses et de ses vices (paresse, insouciance et folie, passion du jeu), mais surtout victime d'un appauvrissement constant, les malheurs s'enchaînant les uns aux autres dans un engrenage fatal — mariage pitoyable conclu sous une mauvaise étoile, ennuis familiaux, disparition des amis, difficulté à écrire — et, pour s'assurer le nécessaire, contraint de vivre au gré de protecteurs successifs dans un incessant état de dépendance, homme de la marge, de l'errance, du dehors. C'est pourquoi la majeure partie de l'œuvre ressortit à une poésie de commande, écrite pour soutenir une cause (croisade, université), pour être le porte-parole d'un puissant (poèmes pieux), pour divertir (fabliaux), dans une grande diversité, mais avec des reprises, car il faut écrire vite et exploiter ce qui a plu. Mais l'habileté n'est pas toujours payante ; aussi le jongleur cherche-t-il des recours dans l'humour et la dérision qui établissent une distance entre soi et le malheur, dans la pensée de la mort égalitaire qui peut ouvrir les portes du paradis, dans l'intercession de la Vierge secourable aux pécheurs les plus coupables.

L'œuvre évolue entre deux pôles, deux modèles antithétiques, auxquels le poète s'identifie tour à tour, le Christ et les moines mendiants, dont il reproduit le passé et le présent, rêvant de jouer le rôle des frères mendiants d'hier, se reprochant de ressembler aux frères mendiants d'aujourd'hui ; de là une œuvre écartelée, douloureuse, qui toujours surprend et interroge : les Poèmes de l'infortune *sont-ils les exercices ascétiques d'une humiliation nécessaire au salut, ou les pitreries cyniques d'un jongleur possédé par le démon? De là, au cœur de cette poésie, le sentiment et l'expérience de la métamorphose, sublimation de la diversité jongleresque, qui rejoint* Le Roman de la Rose *de Jean de Meun avec sa philosophie de l'instabilité et de la transformation, qu'on peut observer dans l'homme et dans la société, dans la nature et les arts : le monde politique (naissance de la royauté), économique (puissance de l'argent) et religieux (apparition des ordres mendiants) change, tout comme le monde physique et psychologique (dans l'expérience de l'amour), et les débats de l'actualité doivent être compris comme des preuves de ces mutations.*

A la regarder de près, l'œuvre apparaît d'une étrange modernité, au moins dans certains poèmes, microcosmes de l'ensemble, comme La Complainte de Rutebeuf *ou* La Pauvreté de Rutebeuf. *Dans le premier, la progression thématique et tout un jeu d'échos créent la sensation d'un dénuement total, une impression de vide, de mutilation et de déshumanisation qu'évoque la nudité :* et si me sont nu li costé *(vers 78); le poète est dépouillé de son avoir et de son être dans un monde disloqué qui perd sa cohérence (lui et sa femme sont dans deux lits différents).* Quanques j'ai fet est a refere *(vers 17) : « tout ce que j'ai fait est à refaire ». Survient alors la reprise des premiers vers du* Guignon d'hiver *:*

Et si me sont nu li costé
    Contre l'yver.
Cist mot me sont dur et diver,
Dont moult me sont changié li ver
    Envers antan[3].

La vraie poésie commence malgré soi, quand tout a disparu en soi, autour de soi; elle naît du vide, de la solitude,

3. Vers 78-82 : « Et je n'ai rien à me mettre sur le dos/pour cet hiver./Mes chansons sont tristes et amères./bien différentes de mes poèmes/d'antan. »

elle passe par le dépouillement, l'obscurcissement de la nuit, la mutilation de l'être. Il faut mourir au quotidien pour accéder à la poésie : si ce qui est d'yver, « *de l'hiver* », *est* diver, « *hostile, cruel* », *de* l'yver *naissent* li ver. *L'accouchement de la femme de Rutebeuf, mentionné deux fois, devient symbole, souligné par le jeu sur le verbe* gésir *repris quatre fois dans les vers 94-103. Or* gésir *pouvait signifier : être couché, avoir des relations charnelles; accoucher; être malade; être mort. Ce passage, de prime abord, figure le monde renversé où ce qui devrait être source de joie apporte la douleur. Au-delà, mort et vie ne font qu'un, comme le symbolisent le lit, lieu de l'amour et de la vie, lieu de la maladie et de la mort, et l'accouchement, toujours risqué. En outre, derrière le vers 105,* Et s'en sui mehaigniez du cors, « *Et je suis infirme* », *se glisse le souvenir d'un autre* mehaigné, *le roi du Graal, dépositaire des secrets de l'Autre Monde.*

La descente aux enfers doit se poursuivre, liée à l'ascension poétique qui se fraie un chemin difficile à travers de nouveaux malheurs (les hommes abandonnent le poète, Dieu le harcèle, le vent qui effeuille les arbres l'affecte dans son corps) et d'autres jeux annominatifs, répétant syllabes et mots :

Ce sont ami que vens enporte,
Et il ventoit devant ma porte
Ses enporta,
C'onques nus ne m'en conforta
Ne du sien riens ne m'aporta[4].

Les mots rendus à leur plénitude sonore rencontrent les grands thèmes d'une poésie unique.

4. Vers 122-126 : « Ce sont amis que vent emporte/et il ventait devant ma porte :/aussi furent-ils emportés/si bien que jamais personne ne me consola/ni ne m'apporta un peu de son bien. »

La Pauvreté de Rutebeuf, *qui est une requête au roi, approfondit la misère du poète. Le voici à la mort (vers 30) sans un lit pour agoniser (vers 31). Le langage lui échappe :* Bien sai *pater,* ne sai qu'est *notre, « Je sais ce qu'est* Pater, *mais* noster *m'est inconnu. » La foi s'obscurcit, sombre dans l'impossible :* Li *credo* m'est deveeiz *(vers 47), « Le* credo *m'est refusé. » Le jeu de mots sur* credo, *qui a le sens de « crédit » et de « credo », masque la désespérance, mais il signifie à la fois que le poète ne peut plus emprunter ni prier. On passe à un manque plus profond, au cœur de l'être, vidé de ses raisons d'espérer. Le poète n'est plus qu'une apparence misérable (vers 48).*

Mais, dans cette descente sans fin, on découvre une troisième strophe étonnante, la plus poétique et la plus signifiante pour les gens du Moyen Age :

Granz rois, s'il avient qu'a vos faille,
A touz ai ge failli sanz faille.
Vivres me faut et est failliz ;
Nuns ne me tent, nuns ne me baille,
Je touz de froit, de fain baaille,
Dont je sui mors et maubailliz.
Je suis sanz coutes et sanz liz,
N'a si povre juqu'a Sanliz.
Sire, si ne sai quel part aille ;
Mes costeiz connoit le pailliz,
Et liz de paille n'est pas liz,
Et en mon lit n'a fors la paille [5].

5 « Grand roi, s'il m'arrive de vous perdre, / j'aurai perdu tout appui en ce monde. Il me faut de quoi vivre, et je n'ai plus rien. / Personne ne me tend la main, personne ne me donne rien. / Toussant de froid, bâillant de faim, / je suis à bout de ressources, à la mort. / Je n'ai ni couverture ni lit, / il n'est personne de si pauvre, cherchât-on jusqu'à Senlis. / Sire, je ne sais où aller. Mes côtes ont l'habitude de la paille, / mais un lit de paille n'est pas un lit, / et dans mon lit il n'y a que de la paille. »

Le retour des mêmes sonorités fait résonner le poème comme une sphère vide. Les mots se vident de leur sens, matière qui s'émancipe au profit de la syllabe -aill-. *Litanie de cris et d'appels, la strophe est chargée d'une forte négativité à quoi tout concourt, organisée autour de la mort du poète. Mais en même temps le* je *culmine, retrouve sa réalité, juste avant que n'éclate la somptueuse image de la paille qui rayonne avant de se disperser. La pauvreté se creuse, jusqu'à la béance de l'être : naissance divine de la poésie à travers la* faille, *« le manque ». Même si la paille est chemin vers le vide, si tout continue d'échapper au jongleur, il n'est plus le même, pour s'être réchauffé un instant au feu de la vraie réalité dont il reste le poème.*

On a rattaché Rutebeuf à diverses lignées de poètes, à la tradition primesautière (Marot, La Fontaine) et lyrique (Villon, Verlaine, Apollinaire) de la plainte réaliste, au courant puissant des grands satiriques et des moralistes lyriques (Du Bellay, Ronsard, d'Aubigné, Hugo) ; mais une lecture plus attentive ne révélerait-elle pas qu'il est, pour une part, proche de Baudelaire ?

La poésie est pour Rutebeuf l'œuvre pénitentielle d'un homme hanté par la mort qui est nécessaire pour atteindre à la foi et à la poésie, nécessaire au redressement de l'être et de la vie ; aussi la poésie devient-elle, sous sa plume, répétitive, pédagogique, poussant à l'exemple, se donnant en exemple, dans un discours qui rejoint celui des morts — du Christ, des prophètes, des martyrs, des saints —, mais qui subit l'influence d'autres discours, comme celui des moines mendiants, foyer de réflexion dans les deux sens du terme, dans un double mouvement de descente et de montée, parcours solitaire d'un homme en lutte contre ses fantasmes et toute une société qui ne respecte plus les valeurs traditionnelles qu'il défend, et qu'il dénonce grâce à quelques symboles élémentaires.

Si le feu et l'air occupent une place réduite dans la poésie de

Rutebeuf — le feu, le plus souvent dans des symboles conventionnels (flammes de l'enfer ou feu des passions), apparaît sous une forme dévoratrice et, davantage, sous la forme niée du feu éteint dans un monde qui se refroidit; le vent apporte avec lui la destruction, témoin Le Guignon d'hiver *et* La Complainte de Rutebeuf, *et, quelquefois, la ruine de l'Apocalypse —, en revanche, l'eau, plus ambiguë, joue un rôle capital dans un système antithétique qui oppose, d'un côté, l'eau stagnante à l'eau courante :*

L'eve qui sans corre tornoie
Assez plus tost un home noie
Que celle qui adés decort.
Pour ce vous di, se Diex me voie,
Tiex fet senblent qu'a Dieu s'aploie
Que c'est l'eve qui pas ne cort[6]...

d'un autre côté, la source abondante au ruisseau tari et à la mer profonde; comme le dit un chevalier rebelle à la croisade :

J'aing mieux fontainne qui soronde
Que cele qu'en estei s'esgoute,
Et vostre meir est si parfonde
Qu'il est bien droiz que la redoute[7].

L'eau est la substance privilégiée du poète, et prime l'eau claire, cette « belle eau claire » dont parle le charlatan du Dit de l'herberie, *fraîcheur substantifiée, miroir dans lequel on ne saurait se perdre, force rajeunissante, curative et dynami-*

6. *Le Dit de sainte Église*, vers 85-90 : « L'eau qui tourbillonne sur place/noie beaucoup plus vite un homme/que l'eau au cours régulier./Aussi vous dis-je, avec l'aide de Dieu,/de tel homme qui fait semblant de se soumettre à Dieu,/que c'est de l'eau stagnante. »

7. *Le Débat du croisé et du décroisé*, vers 197-200 : « Je préfère une source abondante/à une source qui tarit en été,/et votre mer est si profonde/qu'il est normal que je la redoute. »

sante, héroïne de la douceur et de la pureté. C'est la source et l'iaue qui decourt *avec régularité sans jamais tarir ni déborder en crue dévastatrice et boueuse, symbole de la grandeur céleste et mondaine, force agissante liée à la conversion, comme le ruisseau où l'ermite Zozime plonge son visage dans* La Vie de sainte Marie l'Egyptienne, *le sang et l'eau du flanc du Christ, les larmes de la pénitence et de la pureté du cœur. Mais cette substance de vie est aussi substance de mort pour la rêverie ambivalente, avec cette eau profonde qui tourbillonne sur place, eau dormante, lourde, « leçon d'une mort immobile, d'une mort en profondeur, d'une mort qui demeure avec nous, près de nous, en nous » (Gaston Bachelard), parfait symbole de l'hypocrisie dont les masques dissimulent la destruction et la ruine. Cette eau maléficiée prend aussi la forme du torrent en crue, de la pluie qui accable le pauvre, et surtout de la mer profonde dont la traversée, du coup, devient une épreuve purificatrice.*

Il faut, en effet, purifier un monde dégénéré et perverti, en proie à l'hypocrisie, à la violence et à la mort, dont les moines mendiants sont les symboles et les dangereux agents.

Une image obsessionnelle exprime la vision pessimiste de Rutebeuf : celle des architectures en ruine et des objets brisés, qui traduit l'instabilité d'un monde à la dérive, où tout chancelle, à l'image de l'Eglise qui se désagrège et dont les vertus se brisent et se lézardent comme des verrières. Vielle brisée, humble pot de ménage en mille morceaux, maison trop deserte et povre et gaste (Le Mariage de Rutebeuf, *vers 102-103*) *qui fait fuir les amis, ville en flammes : toutes les valeurs positives de la société féodale s'écroulent, au désespoir de Rutebeuf, profondément conservateur quand il défend contre les moines mendiants le statu quo universitaire, quand il prône la croisade, quand il utilise des genres comme le récit hagiographique ou le fabliau, ou dans les manifestations d'une piété traditionnelle. Il déplore que la chevalerie, réceptacle et gardienne des vertus, ne remplisse plus sa fonction :*

De Gresse vint chevalerie
Premierement d'ancesserie,
Si vint en France et en Bretaingne ;
Grant piece i a esté chierie.
Or est a mesnie escherie,
Que nus n'est tels qui la retiengne :
Mort sont Ogier et Charlemaine ;
Or s'en voist, que plus n'i remaingne[8] !

Les paladins, les premiers croisés et les martyrs ont disparu de notre monde, emportant avec eux l'idéal de prudhomie *et les vertus qu'ils avaient illustrées : le courage et le sens de l'honneur, la générosité, à la fois largesse et esprit d'hospitalité, l'amour qui va de la délicatesse dans les rapports sociaux à l'amitié et à la charité chrétienne* (Morte est Pitiez et Chariteiz et Amistiez, *écrit-il dans* La Complainte de Guillaume de Saint-Amour), *la justice qui distinguait les bons des mauvais, défendait les bonnes causes et distribuait les richesses avec équité. La foi chrétienne s'éteint, annonce des catastrophes apocalyptiques :*

Li feus de charité est froiz
En chascun cuer de crestien[9].

Largesse, humilité, charité, que vivifiait une profonde piété, ne font plus recette dans ce monde que Rutebeuf, tour à tour, plaint, accuse, menace ; de nouvelles valeurs les ont remplacées : l'avarice et l'envie qui règnent sur la ville

8. *La Complainte de Constantinople*, vers 121-128 : « C'est de Grèce qu'il y a longtemps vint d'abord la chevalerie qui ensuite passa en France et en Bretagne, où elle a été en honneur pendant des lustres. Maintenant sa troupe est clairsemée, car il n'y a personne pour la maintenir : Ogier et Charlemagne sont morts ; qu'elle disparaisse, et qu'il n'en reste plus rien ! »

9. *La Complainte d'outremer*, vers 152-153.

imaginaire (Rome) du Dit d'Hypocrisie, *beau spécimen de littérature allégorique, l'égoïsme, l'oubli d'autrui et la méchanceté, l'hypocrisie et l'orgueil. Un mot-clé de l'œuvre résume bien les nouvelles relations humaines : l'adjectif substantivé* amer, *avec lequel le poète joue pour l'opposer au verbe* amer « *aimer* » *et pour le lier à la* mer :

Ne doit l'en bien Renart amer,
Qu'en Renart n'a fors que l'amer[10].

Ainsi se constitue un système d'oppositions en noir et blanc qui traverse toute l'œuvre, les poèmes allégoriques comme La Voie de paradis *et* Le Dit d'Hypocrisie, *la querelle de l'université, les plaidoyers en faveur de la croisade, l'histoire de sa déchéance morale et sociale : dans le monde d'autrefois, on vivait selon la foi chrétienne ; aujourd'hui, le mal a terrassé et vaincu le bien, au point que l'échelle des valeurs est renversée et que triomphe l'argent dont l'esprit concret de Rutebeuf exprime la suprématie par les symboles de la bourse et des pièces de monnaie. Tout est refusé à qui en est démuni, alors que le riche obtient tout, considération, honneur, science, amitié. L'argent vous permet d'enterrer votre âne dans le cimetière, à en croire* Le Testament de l'âne*; la bourse vide entraîne l'expulsion pure et simple :* A l'uis, a l'uis, qui n'a argent « *à la porte, à la porte, qui n'a pas d'argent !* », *est-il dit dans* La Voie de paradis *et dans* La Vie de sainte Marie l'Égyptienne. *Riche, on vous adule ; pauvre, on vous traite de fou, on vous rejette, on vous refuse toute aide, vous n'avez plus de parents. Mais cet argent, qui va toujours à l'argent, est trompeur : il asservit et damne le riche.*

Toutefois, aujourd'hui, il occupe la première place et ruine les vraies valeurs, si bien qu'on vit dans un monde à l'envers.

10. *La Métamorphose de Renart*, vers 22-23 : « L'on ne doit pas aimer Renart./car tout en lui n'est qu'amertume. »

Ce renversement, qui affecte le cœur aussi bien que le monde, se traduit par un jeu suggestif de symboles et d'antithèses.

Le Mal livre une guerre constante au Bien, guerre violente ou sournoise, que signalent des titres comme La Discorde de l'université et des jacobins, La Bataille des vices contre les vertus, Le Débat du croisé et du décroisé *ou* Le Débat de Charlot et du barbier. *Les agresseurs ont le visage tantôt des frères mendiants qui n'ont rien de pacifique ni de charitable malgré leurs prêches et leurs protestations, tantôt des riches qui, par les prêts usuraires, les marchés à terme, les fraudes et d'autres moyens encore plus pernicieux, visent à anéantir les pauvres, tantôt des vices comme Avarice, Cupidité, Orgueil, Luxure ou Hypocrisie, qui attaquent les demeures des vertus dans une guerre sans relâche, avec sièges, assauts, duels, batailles. Personne ne vient au secours du bien, de la Terre sainte contre les Infidèles, de Dieu contre Hypocrisie, de Guillaume de Saint-Amour contre les imposteurs. Renart, l'incarnation du Mal, parcourt le royaume en toute liberté, « capable de déclencher un affreux conflit dont le pays pourrait fort bien se passer*[11] *». Toutes les forces se conjuguent pour accabler le pauvre dans une guerre sans merci : l'égoïsme et l'avarice des riches, la rigueur divine, les éléments naturels, comme le vent, la pluie, le froid, ses propres vices et en particulier sa passion pour le jeu. En face du Mal, de plus en plus agressif et triomphant, le Bien est désarmé : ses amis se raréfient et disparaissent les uns après les autres, et c'est ce glas qui retentit dans toute l'œuvre de Rutebeuf.*

Les serviteurs du Mal ont usurpé tous les pouvoirs. Les vices gouvernent les cités allégoriques de La Voie de paradis *et du* Dit d'Hypocrisie, *que ce soit Hypocrisie, Envie ou Avarice. Renart domine le royaume de Noble :*

11. *La Métamorphose de Renart*, vers 28-30.

Et Renars regne !
Renars a moult regné el regne[12].

Il représente en particulier les frères mendiants qui ont circonvenu l'esprit du roi de France et du pape, occupé le siège de saint Pierre et l'empire de César. Aussi les justes et les malheureux sont-ils abandonnés, les héros livrés à eux-mêmes : Guillaume de Saint-Amour oublié de ses alliés, Jérusalem négligée des chevaliers, le jongleur délaissé par ses parents et ses amis, l'Eglise méprisée de ses enfants, Dieu dédaigné par les hommes. Chacun est abandonné au moment du plus grand besoin, le pauvre au plus profond de la misère, le clerc Théophile quand il est privé de ressources par son évêque... Nous sommes loin ici de la banalité ordinaire : on décèle une véritable hantise de la solitude dans cette insistance à déplorer le sort des abandonnés, et surtout des pauvres, dont la misère crée le vide autour d'eux : li povre amis est en espace, *« l'ami pauvre est tenu à l'écart » (*La Paix de Rutebeuf, *vers 19).*

Qui plus est, on dépouille les pauvres du peu qui leur reste par le jeu du crédit et des gages, on s'enrichit par tous les moyens (aumônes, legs, exécutions de testament, prêts...), on détourne les fonds de leur destination, construisant des palais avec l'argent de la croisade. Véritables sangsues, les riches, riches borjois d'autrui sustance[13], *ne cessent de s'enrichir, les pauvres de s'appauvrir, auxquels on ôte leur dernier recours, puisque les moines vivent maintenant de mendicité. Résultat : un dénuement total chez Théophile réduit à* chacier pain *(vers 236 et 309) et le poète qui* de fain baaille[14], *contraint de rentrer les mains vides à la maison où il est mal accueilli[15]. Ce dénuement, que manifeste souvent l'absence*

12. *Ibid.* vers 3-4 : « Et Renart est roi ! / Voilà longtemps que Renart fait la loi dans le royaume. »
13. *Nouvelle complainte d'outremer,* vers 281.
14. *La Pauvreté de Rutebeuf,* vers 29.
15. *Le Mariage de Rutebeuf,* vers 108-112.

de vêtement, de robe ou de chemise[16] *et qui contraste avec le luxe des riches, s'étend de surcroît au domaine moral et intellectuel, puisque le poète manque de sagesse et de mémoire :*

Povre sens et povre memoire
M'a Diex doné, li rois de gloire,
Et povre rente[17].

Ce thème est illustré par le très beau symbole de l'arbre dépouillé de ses feuilles dans Le Dit des gueux de Grève, Le Guignon d'hiver *et* La Complainte de Rutebeuf.

Dans ce monde à l'envers, le Bien est asservi au Mal, les vertus aux vices (Avarice, Orgueil, Convoitise, Hypocrisie) qu'entourent de maléfiques vassaux[18]*, l'université aux frères mendiants, le roi Noble au démoniaque Renart, saint Louis et le royaume aux moines. Le pauvre, qui dépend d'autrui pour sa subsistance, est tyrannisé par la* griesche, *le « guignon », par le jeu de dés, maître exigeant qui requiert une constante application et une parfaite obéissance. Le riche n'échappe pas à cet asservissement :* sers a autrui chaté[19], *il a prêté hommage à l'argent et porte les armes de l'avarice, il a remplacé le service de Dieu par celui de son corps dont il est l'esclave par la luxure, la gourmandise ou les plaisirs de sa classe. Tous les hommes n'ont-ils pas un jour ou l'autre rendu hommage au diable, comme le clerc Théophile ?*

Ce monde perverti est déréglé et instable, soumis à une

16. *Le Guignon d'hiver*, vers 52-53 : *Li dé... m'ont de ma robe tout desfet; Le Mariage de Rutebeuf*, vers 65 : *Or me covient froter au lange*, « il me faut porter mon vêtement à même la peau. »

17. *Le Guignon d'hiver*, vers 10-12 : « C'est peu d'esprit et peu de mémoire/que j'ai reçu de Dieu, le roi de gloire,/peu de bien aussi. »

18. Ainsi dans *La Voie de paradis*, autour d'Avarice : *Et si sont tuit si homme noir, / Non pas tres noir, més maigre et pale, / Por lor dame qui est trop male* (vers 204-206), « tous ses vassaux sont noirs, non pas très noirs, mais maigres et pâles, à cause de leur suzeraine qui est très dure. »

19. *Les Plaies du monde*, vers 63 : « esclaves du bien d'autrui ».

*fortune capricieuse, à la fuite du temps toujours défavorable. Si le pauvre est ballotté d'un extrême à l'autre « comme l'osier » (*Le Guignon d'hiver, *vers 34), l'hiver en vient à occuper toute la scène, dans une sorte d'ostracisme du printemps qu'a remarqué Germaine Lafeuille. L'été rappelle l'hiver, juillet ressemble à février, les mouches poursuivent le pauvre, noires en été, blanches en hiver. La pauvreté amenant la disparition de la belle saison, le froid s'étend sur le monde* ou refroidier voi charité[20], *le feu de charité* est froiz en chascun cuer de crestien[21]. *Nous voici plongés dans un long hiver :*

Por ce que li mondes se change
Plus sovent que denier a Change,
Rimer vueil du monde divers.
Toz fu estez, or est yvers[22].

Ce changement pernicieux est symbolisé par les images du jeu de dés et de la roue de Fortune, laquelle, aveugle et irrationnelle, règle le cours du monde, mais menace aussi les riches et les puissants.

Il s'agit, d'autre part, d'un monde qui se ferme. Ce monde clos, maléfique pour Rutebeuf, est tantôt celui dont ne peuvent sortir les damnés, emmurés dans la « prison obscure » de l'enfer, ou les pauvres enfermés dans leur misère, tantôt l'espace où l'on ne peut entrer : le pauvre jongleur se heurte aux portes des puissants qui, à l'exemple de saint Louis[23]*, refusent de le recevoir et de lui donner l'aumône ; les moines mendiants se retranchent dans de véritables forteresses qu'ils construisent au cœur même de Paris. La porte fermée n'est pas pour Rutebeuf le symbole de la sécurité qui*

20. *Les Ordres de Paris,* vers 9 : « où je vois se refroidir la charité ».
21. *La Complainte d'outremer,* vers 152-153.
22. *L'Etat du monde,* vers 1-4.
23. *La Métamorphose de Renart,* vers 113.

protège le moi contre les agressions extérieures et permet la construction de l'être, mais elle signifie qu'il n'y a plus de passage des ténèbres à la lumière, du dénuement à la richesse, du profane au sacré, de l'ignorance à la révélation, plus d'accès à une réalité supérieure, dans une solitude totale sans communication avec personne. Le Bien, au contraire, ouvre l'espace : Dieu et la Vierge brisent la porte de l'enfer, la générosité rend inutiles les murailles, les portes des bons sont toujours ouvertes.

Dans le même temps, l'obscurité triomphe de la lumière qui s'est éteinte et que le poète demande à Dieu de rallumer :

Ha ! Jhesucriz, car te ravise
Que la lumiere soit esprise
C'on a estaint pour toi despire[24] !

Le noir, qui l'emporte sur la clarté, marque l'emprise du Mal, couleur des vices, des diables, de l'enfer et de la détresse. Le malheureux a le cœur triste et noirci *(*La Complainte de Rutebeuf, *vers 36),* pale et noirci *(*La Vie de sainte Marie l'Egyptienne, *vers 330) ; il ne voit plus, au physique comme au moral. Cette cécité grandissante, dont font état plusieurs des* Poèmes de l'infortune[25], *correspond-elle à une expérience réelle du poète ? Ce n'est pas certain ; c'est plutôt un symbole important, un signe extérieur d'aveuglement moral, comme ceux des yeux bandés dans les représentations de la Synagogue ou de la taupe. La perte de l'œil droit, lequel est en relation avec l'activité et le futur, symbolise pour Rutebeuf la misère. Mais celle-ci, qui ne provient pas nécessairement d'un éloignement de Dieu, ne fait-elle pas de Rutebeuf un voyant, à en croire Gilbert*

24. *Le Dit de sainte Eglise*, vers 7-9 : « Ah ! Jésus-Christ, préoccupe-toi/de rallumer la lumière/que l'on a éteinte par mépris pour toi ! »

25. *La Complainte de Rutebeuf*, vers 23-28 ; *La Paix de Rutebeuf*, vers 41-42 ; *Le Mariage de Rutebeuf*, vers 125.

Durand[26] *? La perte de l'œil droit permet au poète, devenu visionnaire et tourné vers le passé, de composer ses poèmes ; il devient le prophète, le mage, que Dieu guide et à qui sa seconde vue donne la possibilité de voir le monde dans sa réalité et de le juger.*

Dans ce monde paradoxal où maîtres et sujets, vertus et vices ont inversé leurs rôles, le Mal s'est glissé à l'intérieur du Bien, il en a revêtu l'apparence. Royaume d'Hypocrisie, monde de l'incertitude. La vérité est persécutée dans la personne des justes ; l'injustice, institutionnalisée, est cautionnée par le roi et le pape ; le mensonge est devenu parole d'Evangile. C'est le temps des fausses promesses : les moines parlent de paix et font la guerre ; les riches, tels que Brichemer[27]*, promettent de l'argent qu'ils ne donnent jamais ; les chevaliers s'enivrent et se targuent de prouesses qu'ils n'accomplissent pas ; l'ivresse fait rêver les pauvres. La haine prend le masque de l'amitié ou de l'amour pour achever son œuvre de destruction ; les traîtres sont dans la place, trompant le pauvre peuple, trahissant Dieu. Le poète, par l'invective, l'ironie ou la déploration, tente d'arracher son masque à Hypocrisie qui s'est emparée du monde. Le blanc cache le noir, la séduction masque la pourriture, l'habit dissimule la bête — loup, renard, hérisson — dont le retour menace toujours l'homme. Des bêtes cruelles, dangereuses, trompeuses, tapies sous l'apparence humaine, nous guettent : chiens* qui se combattent pour un os, *bêtes et oiseaux de*

26. « Le sacrifice de l'œil... est le moyen de renforcer la vision et d'acquérir la voyance magique. Nous constatons que l'extrême valorisation intellectuelle et morale de l'organe visuel entraîne son oblation, parce que l'organe charnel se sublime et qu'une seconde vue, archétypale au sens platonicien du terme, vient relayer la vision commune. Le sacrifice oblatif de l'œil, que l'on retrouve dans l'Evangile (Matthieu, V, 29-30), est surdétermination de la vision en voyance. » *Les Structures anthropologiques de l'imaginaire*, Paris, Bordas, 1969, p. 172.

27. Voir le poème du même nom.

proie, scorpions et serpents, voire loup blanc des Plaies du monde *(vers 118) et once de* La Métamorphose de Renart *(vers 157) ; elles ont tout envahi, elles nous cernent. N'est-ce pas le sens profond du poème allégorique de* La Métamorphose de Renart, *transposition hallucinée de la société contemporaine, où les quatre conseillers du lion Noble, le renard, le loup Isengrin, le chien Roonel et l'âne Bernard, ont asservi et perverti leur maître ? L'omnipotence, la prolifération et le triomphe de Renart, dont Rutebeuf n'a pu venir à bout et dont il est devenu la victime et peut-être l'émule*[28], *sont ceux de la tromperie et des bas instincts, libérés par l'abandon des vraies valeurs.*

Au cœur de ce monde masqué, la mort nous guette, bête qui mord et dévore, prête à nous assaillir à chaque instant, sans que personne puisse prévoir sa venue. Chaque moment peut être fatal. Pour Rutebeuf, qui se situe à un moment de changement où, selon Philippe Ariès[29], *on passe de la mort apprivoisée à la mort de soi, plus dramatique et plus personnelle, elle est derrière chacun, la massue levée ou les filets en main ; elle frappe sans avertir l'homme qui est à la merci d'un funeste accident, et tout se déroule avec une effrayante rapidité :*

Et il muert si soudainement
C'on ne veut croire qu'il soit mort[30].

Rien ne peut l'empêcher de survenir, ni la beauté, ni la force, ni la sagesse. Rutebeuf le répète dans La Croisade de Tunis *(vers 105-107) à grand renfort de lieux communs :*

28. *Le Repentir de Rutebeuf*, vers 79-81 : *Je cuidai engingner Renart :/ Or n'i valent engin ne art,/Qu'asseür est en son palés.* « Je me croyais plus habile que Renart ;/mais ruses et artifices sont inutiles,/car il vit en toute sécurité dans son palais. »
29. *Essais sur l'histoire de la mort en Occident du Moyen Age à nos jours*, Paris, Le Seuil, 1975, et *L'Homme devant la mort*, Paris, Le Seuil, 1977.
30. *Les Plaies du monde*, vers 60-61.

Foulz est qui contre mort cuide troveir deffence :
Des biaux, des fors, des sages fait la mors sa despance,
La mors mort Absalon et Salemon et Sance[31].

La richesse ne sert à rien, mais pas davantage la piété. De toute façon, la vie est courte, car nous n'avons point de demain, nous portons le trépas en nous, la certitude étant qu'on doit mourir. L'on ne peut rien emporter, il ne reste au mieux que l'amour de Jésus-Christ.

Mourir est douloureux, au physique d'abord : Rutebeuf ne s'est jamais lassé de jouer sur la mort qui mord, *sur* le mors amer de la mort vilaine et amère. *Mais aussi d'un point de vue moral, car on éprouve le sentiment d'avoir gaspillé sa vie à ne rien faire, de l'avoir dépensée en jeux futiles, d'arriver devant Dieu les mains vides. Il faut donc mériter le paradis quand il est encore temps. Ce sentiment, le poète le prend à son compte dans* Le Repentir de Rutebeuf *(vers 4-9). La mort débouche surtout sur le* Juïse, *le Jugement, qui, selon la vie qu'on aura menée, nous vaudra une éternité de bonheur au paradis ou de malheur en enfer. Si le règne de l'injustice est si proche de son écroulement terrible, ses représentants auront à se justifier devant l'impitoyable justice de Dieu : il s'agit d'une nouvelle justice, d'un nouveau renversement, dans le sens du Bien. La peur frappera les plus hardis, en sorte qu'*on les porroit prendre à la main, *et que même les justes se tairont. Tous ces thèmes, cent fois traités, se regroupent autour de la vision du Christ en croix, montrant ses plaies, séparant les justes des méchants qu'il enverra* a senestre, *à gauche, c'est-à-dire en enfer, dont les images matérielles s'organisent autour des thèmes d'obscurité, de flamme, de claustration et d'impureté : c'est la fournaise d'*enfer le bouillant, punaise *(puante),* laide et obscure, *dans*

31. « L'on est bien fou si l'on s'imagine trouver une protection contre la mort./La mort se nourrit des beaux, des forts et des sages :/la mort mord Absalon, Salomon et Samson. »

le monde clos de ce mal hosté, *de ce mauvais hôtel, prison, maison à la porte fermée,* puits tout plein d'ordure, *dans ces marais infernaux qui véhiculent l'idée de souillure et d'ordure,* enfer l'entoié, *le fangeux,* palu d'enfer qui est vils et obscure.

Comment échapper à cette obsession et à cette terreur de la mort? Il faut se préparer à celle-ci en se pénétrant de ces tragiques vérités et en les répandant autour de soi, en se conciliant Dieu et la Vierge, en méritant l'intercession de cette dernière par une vie de sacrifice et par le service du Créateur selon sa condition : pour le clergé, ne penser qu'aux âmes et secourir son prochain au double point de vue spirituel et matériel; pour les chevaliers, opter pour un nouvel idéal qui passe par la croisade où l'on peut trouver la palme du martyre; pour le poète, dénoncer le mal, dire la vérité sans se soucier des risques, indiquer des modèles, prêcher la croisade.

Ainsi est-il possible d'atteindre à la sainteté qui apporte une fin apaisée, et douce, et sur ce point comme sur d'autres Rutebeuf retrouve l'idéal de la première chanson de geste. Témoin sainte Elisabeth de Hongrie qui chante, met en fuite le démon, parle de Dieu, li purs, li fins, li afinez *(vers 2008); elle connaît l'heure de sa mort, ce qui la remplit de joie; son cadavre répand une très douce odeur, on se dispute les reliques de son corps, et de nombreux miracles se produisent. La mort devient donc pour Rutebeuf l'occasion d'un retour sur soi et d'une conversion.*

Mais Le Repentir de Rutebeuf, *qu'on appelle aussi, à tort,* La Mort de Rutebeuf, *est-il bien le mot de la fin pour le poète qui, renonçant à l'ironie et aux jeux gratuits de la poésie, a décidé de « servir Dieu parfaitement », à sa manière, dans un poème de ton grave et humble, appliqué à répéter les vérités essentielles, utiles à tous les hommes, qu'il a fini par découvrir : ne penser qu'à Dieu et à sa bonté, ne plus mentir à soi-même ni aux autres, se rappeler que la richesse n'est d'aucun secours contre la mort, qu'il faut retrouver la santé de l'âme et changer de vie ? Faut-il en rester à ce poème discrètement pathétique, ponctué de plaintes, d'interrogations douloureuses, et qu'on pourrait qualifier de verlainien ?*

En effet, dans son itinéraire, où placer La Paix de Rutebeuf, *qui a tout l'air d'un poème du désespoir ? Le poète cherche plus de stabilité et de sagesse dans un monde incertain où l'on ne cesse de perdre. Impossible de la trouver ici-bas : le* boen ami *de condition moyenne devient grand seigneur, triomphent la flatterie et la médisance, en sorte que le prince change d'avis à tout moment. L'instabilité régissant ce monde, mieux vaut prendre les devants, se tourner vers* Celui qui tot voit *par lui-même et qui représente la justice, la stabilité, la permanence. Voilà la vraie sagesse auprès de laquelle toutes les solutions humaines sont sans valeur :* Tuit li autre sunt d'un endroit *(vers 36).*

Mais, comme le poème ne s'arrête pas sur ce vers, on peut se demander s'il ne faut pas lui trouver un autre sens. La Paix de Rutebeuf *est tout entière construite sur une opposition significative, entre un appel et une absence de réponse : les vers 37-38 ne contredisent-ils pas, en reprenant l'expression* boen ami, *les quatre premiers, où Rutebeuf demande à Dieu, nommé trois fois, de sauvegarder l'ami de condition moyenne en qui il a mis sa confiance ? N'indiquent-ils pas que sa prière n'a pas été exaucée, puisqu'il a perdu* par mescheance *son bon ami ? De plus, par un renversement de la figure du Tout-Puissant, Dieu, insensible au déséquilibre du monde, ne cesse de lui faire la guerre, au point de l'acculer à une solitude et à une misère totales qui rappellent* Le Mariage de Rutebeuf *et* La Complainte de Rutebeuf. *L'instabilité ne caractériserait-elle pas aussi Dieu qui aurait tous les traits d'un maître capricieux, malgré l'enseignement de l'Eglise que vient de reproduire Rutebeuf ? S'avançant sur un terrain dangereux, le poème se fait singulièrement ambigu, en particulier dans les deux derniers vers :*

J'avrai asseiz ou que je soie,
Qui qu'en ait anui et pezance[32].

Ou bien le poète n'aura plus besoin de rien, ayant décidé de mener une vie de pénitence, tout entière soumise à Dieu, même si l'on doit regretter à la cour l'amuseur qu'il était. Ou bien il utilisera tous les moyens pour parvenir à ses fins, en revenant à la morale du siècle, sans faire de quartier à personne.

On peut en rester à cette dernière image d'un texte volontairement ambigu, développant à sa surface une morale de la conversion et de la soumission à Dieu, mais contenant la révolte d'un jongleur qui, après avoir observé et subi les vicissitudes du monde, doutant de la sollicitude de Dieu, décide de s'imposer par n'importe quel moyen à la société qui l'a rejeté.

JEAN DUFOURNET

Si, dans ce recueil, nous donnons l'intégralité des *Poèmes de l'infortune,* en revanche nous avons dû faire un choix parmi les poèmes des autres sections : *Poèmes pour prier Notre-Dame, Poèmes de la croisade, Poèmes contre les moines mendiants.* Nous avons suivi le texte de l'excellente édition d'Edmond Faral et Julia Bastin, que nous avons corrigé en quelques endroits. Lorsqu'une correction, nécessaire au sens, ne s'appuie sur aucun manuscrit, elle est signalée par des italiques ; lorsqu'un ou plusieurs vers sont empruntés à un autre manuscrit que le manuscrit de base, ils sont placés entre crochets. Pour nos traductions, certaines, déjà publiées, ont été reproduites avec l'aimable autorisation des Editions Champion que nous remercions chaleureusement ; nous les avons modifiées ou corrigées en plus

32. « J'aurai toujours assez où que je sois, / et tant pis pour qui en concevra dépit ou regret. »

d'un endroit. Enfin, quand il s'agit de textes plus narratifs, nous avons abandonné la disposition vers par vers.

Nous tenons à remercier deux amis chers, Michel Rousse, qui nous a proposé diverses corrections, et Bernard Bréant, qui a participé à la traduction des *Poèmes pour prier Notre-Dame*.

Poèmes de l'infortune

LA GRIESCHE D'YVER

Contre le tens qu'arbre desfueille,
Qu'il ne remaint en branche fueille
Qui n'aut a terre,
Por povreté qui moi aterre,
Qui de toutes pars me muet guerre
Contre l'yver,
Dont moult me sont changié li ver,
Mon dit commence trop diver
De povre estoire.
Povre sens et povre memoire
M'a Diex doné, li rois de gloire,
Et povre rente,
Et froit au cul quant bise vente :
Li vens me vient, li vens m'esvente
Et trop sovent
Plusors foïes sent le vent.
Bien le m'ot griesche en covent
Quanques me livre :
Bien me paie, bien me delivre,
Contre le sout me rent la livre
De grant poverte.
Povretez et sor moi reverte :
Toz jors m'en est la porte ouverte,
Toz jors i sui

LE GUIGNON D'HIVER

Vers le temps que l'arbre s'effeuille,
qu'il ne reste aux branches feuille
qui ne tombe à terre,
terrassé par la pauvreté
qui de toutes parts m'assaille
en cet hiver
qui a bouleversé le cours de ma vie,
je commence mon très triste dit
par un pitoyable récit.
C'est peu d'esprit et peu de mémoire
que m'a donnés Dieu, le roi de la gloire,
peu de bien aussi,
et froid au cul quand souffle la bise :
le vent me vente au visage, le vent m'évente,
et c'est trop souvent
que je sens les rafales du vent.
Le guignon m'avait bien promis
tout ce qu'il me livre :
il me paie bien, il s'acquitte bien envers moi,
et pour un sou il me rend une livre
de misère.
Pauvreté s'est de nouveau abattue sur moi ;
sa porte m'est toujours ouverte,
je suis toujours chez elle

Ne nule foiz ne m'en eschui.
Par pluie moil, par chaut essui :
Ci a riche homme !
Je ne dorm que le premier somme.
De mon avoir ne sai la somme,
Qu'il n'i a point.
Diex me fet le tens si a point
Noire mousche en esté me point,
En yver blanche.
Issi sui com l'osiere franche
Ou com li oisiaus seur la branche :
En esté chante,
En yver plor et me gaimante,
Et me desfuel ausi com l'ente
Au premier giel.
En moi n'a ne venin ne fiel :
Il ne me remaint rien souz ciel,
Tout va sa voie.
Li enviail que je savoie
M'ont avoié quanques j'avoie
Et forvoié,
Et fors de voie desvoié.
Fols enviaus ai envoié,
Or m'en souvient.
Or voi je bien tout va, tout vient ;
Tout venir, tout aler covient,
Fors que bienfet.
Li dé que li decier ont fet
M'ont de ma robe tout desfet ;
Li dé m'ocient,
Li dé m'aguetent et espient,
Li dé m'assaillent et desfient,
Ce poise moi.
Je n'en puis més se je m'esmai :
Ne voi venir avril ne may,

et jamais je n'ai pu lui échapper.
Etre trempé par la pluie, brûlé par le soleil,
  tel est mon riche apanage !
Je ne dors que mon premier sommeil,
je ne connais pas le montant de ma fortune,
  pour la raison que je n'ai rien.
Dieu alterne si bien les saisons pour moi
qu'en été c'est la mouche noire qui me pique,
  en hiver la mouche blanche.
Je suis comme l'osier sauvage
ou comme l'oiseau sur la branche :
  en été, je chante,
en hiver je pleure et me lamente
et m'effeuille comme la branche
  au premier gel.
Il n'y a en moi ni venin ni fiel :
il ne me reste rien au monde,
  tout suit son cours.
Les tours que je savais
m'ont dépouillé de mon bien,
  et égaré
et détourné de mon chemin.
J'ai risqué des coups insensés,
  je me le rappelle maintenant.
Je le vois bien, tout va, tout vient ;
il faut que tout vienne, que tout s'en aille
  sauf les bienfaits.
Les dés que les fabricants ont faits
m'ont dépouillé de mes vêtements ;
  les dés me tuent
les dés me guettent et m'épient,
les dés m'assaillent et me défient,
  j'en suis accablé.
Je n'y puis rien si je m'inquiète :
je ne vois venir avril ni mai,

Vez ci la glace.
Or sui entrez en male trace ;
Li trahitor de pute estrace
M'ont mis sanz robe.
Li siecles est si plains de lobe !
Qui auques a si fet le gobe ;
Et je que fais
Qui de povreté sent le fais ?
Griesche ne me lest en pais,
Moult me desroie,
Moult m'assaut et moult me guerroie ;
Jamés de cest mal ne garroie
Par tel marchié.
Trop ai en mauvés leu marchié ;
Li dé m'ont pris et emparchié :
Je les claim quite !
Fols est qu'a lor conseil abite :
De sa dete pas ne s'aquite,
Ainçois s'encombre ;
De jor en jor acroist le nombre.
En esté ne quiert il pas l'ombre
Ne froide chambre,
Que nu li sont sovent li membre :
Du duel son voisin ne li membre,
Més le sien pleure.
Griesche li a coru seure,
Desnué l'a en petit d'eure,
Et nus ne l'aime.
Cil qui devant cousin le claime
Li dist en riant : « Ci faut traime
Par lecherie.
Foi que tu dois sainte Marie,
Cor va ore en la Draperie
Du drap acroire ;
Se li drapiers ne t'en veut croire,

voici la glace.
Je suis maintenant sur la mauvaise pente ;
les trompeurs, maudite engeance,
m'ont pris mon vêtement.
Le monde est tellement perfide !
Dès qu'on a quelque chose, on parade ;
mais que dois-je faire,
moi sur qui pèse le fardeau de la pauvreté ?
Le guignon me harcèle,
il me plonge dans le désarroi,
me livre constamment assauts et combats,
si bien que je ne guérirai jamais
de mes maux.
J'ai trop hanté les mauvais lieux ;
les dés m'ont séduit, pris au piège,
j'y renonce !
Il est fou celui qui s'obstine à suivre leurs conseils ;
loin de s'acquitter de sa dette,
il alourdit sa charge
dont le poids augmente de jour en jour.
En été il ne cherche pas l'ombre
ni la fraîcheur d'une pièce,
car souvent il a les membres nus ;
il oublie la peine de son voisin,
trop occupé de la sienne.
Le guignon s'est abattu sur lui
et a tôt fait de le dépouiller
et nul ne l'aime.
Celui qui auparavant l'appelait « mon cousin »
lui dit en riant : « Ici se rompt la trame,
usée de débauche.
Par la foi que tu dois à sainte Marie,
va donc maintenant au marché de la Draperie
pour emprunter du drap ;
si le drapier ne veut t'en donner à crédit,

Si t'en reva droit a la foire
Et va au Change.
Se tu jures saint Michiel l'ange
Que tu n'as seur toi lin ne lange
Ou ait argent,
L'en te verra moult biau sergent,
Bien t'aperceveront la gent :
Creüs seras.
Quant d'ilueques remouveras,
Argent ou faille enporteras. »
Or a sa paie.
Ainsi vers moi chascuns s'apaie :
Je n'en puis més.

Explicit la griesche d'yver.

alors cours droit à la foire,
    et va chez les banquiers.
Si tu jures par l'ange saint Michel
que tu n'as sur toi étoffe ou linge
    qui vaille argent,
on te trouvera très beau garçon,
et on te prendra pour ce que tu es :
    on te croira sur parole.
Tu quitteras ces lieux,
de l'argent en poche... ou les mains vides. »
    Voilà donc comme on le paie.
C'est aussi de la sorte que l'on me traite,
    je n'y peux rien.

Fin du *Guignon d'hiver*.

LA GRIESCHE D'ESTÉ

En recordant ma grant folie
Qui n'est ne gente ne jolie,
Ainz est vilaine
Et vilains cil qui la demaine,
Me plaing set jors en la semaine
Et par reson.
Si esbahiz ne fu mes hom,
Qu'en yver toute la seson
Ai si ouvré
Et en ouvrant m'ai aouvré
Qu'en ouvrant n'ai rien recouvré
Dont je me cuevre.
Ci a fol ouvrier et fole oevre
Qui par ouvrer riens ne recuevre :
Tout torne a perte ;
Et la griesche est si aperte
Qu' « eschec » dit « a la descouverte »
A son ouvrier,
Dont puis n'i a nul recouvrier.
Juingnet li fet sambler fevrier :
La dent dit : « Cac »,
Et la griesche dit : « Eschac ».
Qui plus en set s'afuble sac
De la griesche.

LE GUIGNON D'ÉTÉ

Quand je pense à ma folle passion
qui n'a rien de raffiné ni d'élevé,
    — bien ordinaire au contraire,
et ordinaire celui qui en est la proie —
je gémis sept jours sur sept,
    et j'ai de quoi.
Jamais personne n'a connu détresse pareille à la mienne :
tout au long de l'hiver
    j'ai tant œuvré
et tant dans mon œuvre me suis occupé
que par mon ouvrage je n'ai pu recouvrer
    de quoi me couvrir.
Fol ouvrier, œuvre de folie
que d'œuvrer sans rien recouvrer !
    Je suis toujours perdant
et le guignon est si habile
qu'il dit à celui qui entre dans son jeu :
    « Echec à la découverte ! »
Après quoi, plus de recours.
En juillet, il se croit en février :
    Quand ses dents claquent,
le guignon lui répond : « Echec ».
Le plus habile finit par s'habiller d'un sac :
    voilà où conduit le guignon.

De Gresce vient si griez eesche ;
Or est ja Borgoingne briesche.
Tant a venu
De la gent qu'ele a retenu,
Sont tuit cil de sa route nu
Et tuit deschaus ;
Et par les froiz et par les chaus,
Nés li plus mestres seneschaus
N'a robe entiere.
La griesche est de tel maniere
Qu'ele veut avoir gent legiere
En son servise :
Une eure en cote, autre en chemise.
Tel gent aime com je devise,
Trop het riche homme :
S'aus poins le tient, ele l'assomme.
En cort terme set bien la somme
De son avoir :
Plorer li fet son nonsavoir ;
Sovent li fet gruel avoir,
Qui qu'ait avaine.
Tramblé m'en a la mestre vaine.
Or vous dirai de lor couvaine :
J'en sai assez ;
Sovent en ai esté lassez.
Mi-marz, que li froiz est passez,
Notent et chantent ;
Li un et li autre se vantent
Que, se dui dé ne les enchantent,
Il avront robe.
Esperance les sert de lobe,
Et la griesche les desrobe :
La borse est vuide.
Li geus fet ce que l'en ne cuide :
Qui que tisse, chascuns desvuide ;

C'est de la Grèce que nous est venu un si dangereux appât ;
maintenant la Bourgogne est prise au piège à son tour.
On ne compte plus
ceux qu'il a retenus prisonniers
et qui sont sans vêtements
ni chaussures ;
et qu'il fasse froid, qu'il fasse chaud,
même le plus grand sénéchal
n'est plus vêtu de pied en cap.
Le guignon est ainsi fait
qu'il veut avoir à son service
des gens lestes,
tantôt en tunique, tantôt en chemise.
Voilà quelle sorte de gens il aime,
et il ne tolère pas le riche :
quand aux points il le tient, de ses poings il l'assomme ;
il a vite fait de savoir
à combien monte sa fortune :
il lui fait regretter sa balourdise ;
lui n'aura que du son,
si les autres ont de l'avoine.
J'en ai tremblé jusqu'au plus profond de moi-même.
Je vais maintenant vous raconter la vie des joueurs :
je m'y connais
pour en avoir souvent souffert.
A la mi-mars, quand le froid est passé,
ils jouent de la musique et chantent,
et chacun d'eux de se vanter
que si deux dés ne les ensorcellent,
ils auront des vêtements.
Mais l'espérance les trompe,
et le guignon les dévalise,
vide leur bourse.
On ne peut imaginer les ravages du jeu :
tout ce que l'on tisse, on le défait ;

Li penssers chiet.
Nul bel eschet ne lor eschiet ;
N'en pueent més qu'il lor meschiet,
Ainz lor en poise ;
Qui qu'ait l'argent, Diex a la noise.
Aillors covient lor penssers voise,
Quar dui tornois,
Trois paresis, cinq vienois
Ne pueent pas fere un borgois
D'un nu despris.
Je ne dis pas que jes despris,
Ainz di qu'autres conseus est pris
De cel argent ;
Ne s'en vont pas longues charjant :
Por ce que li argens art gent,
N'en ont que fere,
Ainz entendent a autre afere :
Au tavernier font du vin trere,
Or entre boule ;
Ne boivent pas, chascuns le coule,
Tant en entonent par la goule
Ne lor sovient
Se robe achater lor covient.
Riche sont, més ne sai dont vient
Lor grant richece :
Chascuns n'a riens quant il se drece ;
Au paier sont plain de perece ;
Or faut la feste,
Or remainent chançons de geste,
Si s'en vont nu comme une beste
Quant il s'esmuevent.
A l'endemain povre se truevent ;
Li dui dé povrement se pruevent.
Or faut quaresme,
Qui lor a esté dure et pesme :

l'espoir s'évanouit.
Pour eux ni chance ni bonne aubaine,
ils ne peuvent rien contre la malchance,
elle les écrase ;
où qu'aille l'argent, Dieu a droit aux injures.
Il faut bien qu'ils s'en prennent à quelqu'un d'autre
car deux tournois,
trois parisis et cinq viennois
n'ont jamais fait un bourgeois
d'un pauvre gueux !
Je ne dis pas que je dédaigne ces pièces,
mais je dis que je fais un autre usage
de mon argent,
tandis que le leur ne pèsera pas longtemps dans leurs [poches :
comme l'argent leur brûle les doigts,
ils n'ont cure de le garder,
et lui réservent une autre destination :
ils font tirer du vin à l'aubergiste,
et alors s'installe la débauche.
Ils ne boivent pas,
non, ils en lampent de telles quantités à plein gosier
qu'ils oublient
qu'ils ont besoin d'un costume.
Ils sont riches, mais je ne sais d'où vient
cette grande richesse :
ils n'ont plus rien quand ils reviennent à eux ;
ils ne sont pas pressés de payer.
Maintenant finie la fête,
fini le rêve d'exploits héroïques.
Ils s'en vont nus comme des vers
quand ils quittent l'auberge.
Le lendemain, les voilà sur la paille ;
la paire de dés poursuit ses ravages.
Maintenant fini le carême,
qui ne leur a pas épargné ses terribles rigueurs :

De poisson autant com de cresme
I ont eü ;
Tout ont joué, tout ont beü ;
Li uns a l'autre deceü,
Dist Rustebués
Por lor tabar, qui n'est pas nués,
Qui toz est venduz en deus oés ;
Et avril entre,
Et il n'ont riens defors le ventre.
Lors sont il viste et prunte et entre
S'il ont que metre ;
Lors les verriiez entremetre
De dez prendre et de dez jus metre :
Ez vous la joie !
N'i a si nu qui ne s'esjoie ;
Plus sont seignor que ras sus moie
Tout cel esté.
Trop ont en grant froidure esté ;
Or lor a Diex un tens presté
Ou il fet chaut,
Et d'autre chose ne lor chaut :
Tuit ont apris aler deschaut.

Explicit la griesche d'esté.

ils ont eu autant de poisson
que de crème.
Ils ont tout joué, ils ont tout bu ;
l'un a trompé l'autre,
Rutebeuf le dit
à cause de leur manteau bien usé
qu'ils ont cédé pour presque rien.
Quand revient avril,
ils n'ont plus que la peau.
Mais s'ils ont de quoi miser,
alors ils se pressent, se hâtent, se précipitent ;
alors vous les verriez s'affairer
à prendre les dés et à les jeter.
A vous le plaisir !
Les plus pauvres se réjouissent ;
ils sont plus à leur aise que des rats sur une meule de blé
tant que dure l'été.
Mais ils ont beaucoup souffert du froid ;
Dieu leur offre maintenant la belle saison
pour les réchauffer.
Ils se moquent du reste,
tous ont appris à aller nu-pieds.

Fin du *Guignon d'été*.

CI ENCOUMENCE LI DIZ DES RIBAUX DE GREIVE

Ribaut, or estes vos a point :
Li aubre despoillent lor branches
Et vos n'aveiz de robe point,
Si en avreiz froit a voz hanches.
Queil vos fussent or li porpoint
Et li seurquot forrei a manches !
Vos aleiz en estei si joint
Et en yver aleiz si cranche !
Votre soleir n'ont mestier d'oint :
Vos faites de vos talons planches.
Les noires mouches vos ont point,
Or vos repoinderont les blanches.

Explicit.

LE DIT DES GUEUX DE GRÈVE

Gueux, vous voilà bien lotis !
Les arbres dépouillent leurs branches,
et vous n'avez pas de manteau ;
aussi aurez-vous froid aux reins.
Que vous seriez bien dans un pourpoint
ou un surcot à manches fourré !
Vous êtes si allègres en été
et en hiver si engourdis !
Vos souliers n'ont pas besoin de graisse,
car vos talons vous tiennent lieu de semelles.
Les mouches noires vous ont piqués,
les blanches elles aussi vous piqueront.

Fin.

RENART LE BESTOURNÉ

Renars est mors : Renars est vis !
Renars est ors, Renars est vils :
Et Renars regne !
Renars a moult regné el regne ;
Bien i chevauche a lasche regne,
Col estendu.
L'en le devoit avoir pendu,
Si com je l'avoie entendu,
Més non a voir :
Par tens le porrez bien savoir.
Il est sires de tout l'avoir
Mon seignor Noble,
Et de la brie et du vingnoble.
Renars fist en Costantinoble
Bien ses aviaus ;
Et en cases et en caviaus
N'i laissa vaillant deus naviaus
L'empereor,
Ainz en fist ovre pecheor.
Par pou ne le fist pescheor
Dedenz la mer.
Ne doit l'en bien Renart amer,
Qu'en Renart n'a fors que l'amer :
C'est sa droiture.

LA MÉTAMORPHOSE DE RENART

Renart est mort, Renart est en vie !
Renart est infect, Renart est ignoble ;
    et pourtant Renart est roi !
Voilà longtemps que Renart fait la loi dans le royaume,
il y fait force expéditions à bride abattue,
    la tête en avant.
Le bruit de sa mort avait couru,
et je l'avais entendu dire,
    mais c'est faux :
vous ne tarderez pas à vous en rendre pleinement compte.
Il est le maître de tous les biens
    de Monseigneur Noble,
de ses terres et de son vignoble.
A Constantinople, Renart réalisa
    tous ses désirs,
car, ni dans les fermes ni dans les caves,
il ne laissa à l'empereur
    la valeur de deux navets ;
mais il fit de lui un pauvre diable,
c'est tout juste s'il ne l'a pas réduit
    à pêcher en mer.
L'on ne doit pas aimer Renart,
car tout en lui n'est qu'amertume :
    c'est sa règle.

Renars a moult grant norreture :
Moult en avons de sa nature
En ceste terre.
Renars porra movoir tel guerre
Dont moult bien se porroit soufferre
La regions.
Me sires Nobles li lyons
Cuide que sa sauvations
De Renart viegne.
Non fet, voir (de Dieu li soviegne !),
Ainçois dout qu'il ne l'en aviegne
Domage et honte.
Se Nobles savoit que ce monte
Et les paroles que l'en conte
Parmi la vile, —
Dame Raimborc, dame Poufile,
Qui de lui tienent lor concile,
Ça dis, ça vint,
Et dient c'onques més n'avint
N'onques a franc cuer ne sovint
De tel geu faire !
Bien li deüst membrer de Daire
Que li sien firent a mort traire
Par s'avarisce.
Quant j'oi parler de si lait visce,
Par foi toz li cuers m'en herice
De duel et d'ire
Si fort que je ne sai que dire ;
Quar je vois roiaume et empire
Trestout ensamble.
Que dites vous que il vous samble
Quant me sires Nobles dessamble
Toutes ses bestes,
Qu'il ne pueent metre lor testes,
Aus bons jors ne aus bones festes,

Renart a fait beaucoup de petits
et nous en avons beaucoup chez nous
    qui lui ressemblent.
Renart sera capable de déclencher un conflit affreux
dont le pays pourrait fort bien
    se passer.
Monseigneur Noble le lion
s'imagine que son salut
    dépend de Renart.
Il se trompe, par Dieu !
Il lui en adviendra plutôt, j'en ai bien peur,
    ruine et déchéance.
Si Noble voyait la situation telle qu'elle est,
s'il savait les propos que l'on répand
    dans la ville
— Dame Raimbourc, dame Poufile,
qui font de lui le héros de leurs bavardages,
    avec dix commères ici, vingt là,
vont répétant que c'est chose inouïe
qu'un grand ait jamais consenti
    à se prêter à un tel jeu.
Noble devrait bien se souvenir de Darius
dont la cupidité lui valut d'être mis à mort
    par ses propres hommes.
Quand j'entends parler d'un vice aussi laid,
en vérité, mon cœur frémit
    de chagrin et de fureur
si violemment que je ne sais que dire ;
car je vois que le royaume dégénère
    en empire.
Qu'en pensez-vous, dites-moi ?
Monseigneur Noble tient à l'écart
    toutes les bêtes de sa cour
qui, ni les jours de liesse ni aux grandes fêtes,
ne peuvent paraître

En sa meson,
Et se n'i set nule reson,
Fors qu'il doute de la seson
Que n'enchierisse ?
Més ja de ceste anee n'isse
Ne més coustume n'establisse
Qui ce brassa !
Quar trop vilain fet embraça.
Roneaus li chiens le porchaça
Avoec Renart.
Nobles ne set engin ne art
Ne c'uns des asnes de Senart
Qui busche porte :
Il ne set pas de qu'est sa porte.
Por ce fet mal qui li enorte
Se tout bien non.
Des bestes orrez ci le non
Qui de mal fere ont le renon
Toz jors eü.
Moult ont grevé, moult ont neü ;
Aus seignors en est mescheü,
Et il s'en passent ;
Assez amblent, assez amassent,
C'est merveille qu'il ne se lassent.
Or entendez
Com Nobles a les iex bandez :
Et se son ost estoit mandez
Par bois, par terre,
Ou porroit il trover ne querre
En qui il se fiast de guerre
Se mestier iere ?
Renars porteroit la baniere ;
Roneaus, qu'a toz fet laide chiere,
Feroit la bataille premiere,
O soi nului :

chez lui,
pour la seule raison
qu'il redoute que la vie
ne devienne chère.
Ah ! puisse celui qui machina toute l'affaire
ne pas passer l'année
ni instituer jamais une seule coutume !
Car il a instauré une politique infâme.
Roonel le chien l'a tramée
avec Renart.
Noble est aussi finaud et subtil
que les ânes de Sénart
qui portent des bûches :
il n'entend rien à sa charge.
Aussi est-ce mal agir que de lui conseiller
autre chose que du bien.
Je vais vous dénoncer les bêtes
qui ont toujours eu une réputation
de malfaisance.
Elles ont semé la ruine, fait d'innombrables ravages.
Que les seigneurs en aient souffert,
elles s'en moquent.
Elles pillent, amassent tant et plus.
On se demande comment elles ne s'en lassent pas.
Ecoutez donc,
et vous verrez en quoi Noble est aveugle :
si l'on battait les bois et le pays
pour réunir son armée,
où pourrait-il trouver ou même chercher
à qui se fier pour la guerre
en cas de besoin ?
Renart porterait la bannière,
Roonel, hargneux envers tout le monde,
formerait à lui tout seul
le premier corps de bataille.

Bien vos puis dire de celui
Ja nus n'avra honor de lui
De par servise ;
Quant la chose seroit emprise,
Ysengrins, que chascuns desprise,
L'ost conduiroit
Ou, se devient, il s'en fuiroit ;
Bernars l'asne les desduiroit.
O sa grant croiz.
Cil quatre sont fontaine et doiz,
Cil quatre ont l'otroi et la voiz
De tout l'osté.
La chose gist sor tel costé
C'onques rois de bestes n'ot té
Le bel aroi.
Cist sont bien mesnie de roi !
Il n'aiment noise ne desroi
Ne grant murmure.
Quant me sires Nobles pasture,
Chascuns s'en ist de sa pasture,
Nus n'i remaint :
Par tens ne savront ou il maint.
Ja autrement ne se demaint
Por querre avoir,
Qu'il en porra assez avoir
Et cil ont assez de savoir
Qui font son conte.
Bernars gete, Renars mesconte,
Ne connoissent honor de honte.
Roneaus abaie ;
Et Ysengrins pas ne s'esmaie,
Le sëau porte : « Troupt, quel paie ! »
Gart chascuns soi !
Ysengrins a un filz o soi
Qu'a toz jors de mal fere soi,

Et puisqu'il est question de lui, je puis vous affirmer
que de sa part jamais personne n'obtiendra de reconnais-
en échange d'un service rendu. [sance
La bataille engagée,
Isengrin, universellement méprisé,
conduirait l'armée,
à moins, peut-être, qu'il ne s'enfuie.
Bernard l'âne les divertirait
avec sa grande croix.
Ces quatre-là sont à l'origine de tout,
ils ont la libre disposition et le commandement
de toute la maison.
Les choses en sont au point
que jamais roi des bêtes n'a eu
un si beau personnel.
La belle cour royale que voilà !
Ils n'aiment pas le tumulte, ni le désordre,
ni les sourds grondements.
Quand Monseigneur Noble est à table,
chacun quitte la salle
et il ne reste personne.
Bientôt nous ne saurons plus où se trouve son gîte.
Que jamais il ne se comporte autrement
pour augmenter ses biens
parce qu'ainsi il en aura largement,
et les argentiers qui gèrent ses finances
sont très compétents.
Bernard établit les comptes, Renart les fausse,
ils confondent honneur et bassesse.
Roonel aboie,
sans qu'Isengrin s'effraie en rien,
lui qui porte le sceau : « Allons, que l'on paie ! »
Que chacun veille sur soi !
Isengrin a avec lui un fils
qui est toujours avide de mal faire

S'a non Primaut ;
Renars un, qui a non Grimaut :
Poi lor est conment ma rime aut,
Més que mal facent
Et que toz les bons us effacent.
Diex lor otroit ce qu'il porchacent,
S'avront la corde :
Lor ouvraingne bien s'i acorde,
Quar il sont sanz misericorde
Et sanz pitié,
Sanz charité, sanz amistié.
Mon seignor Noble ont tuit getié
De bons usages :
Ses ostex samble uns reclusages.
Assez font paier de musages
Et d'avaloingnes
A ces povres bestes lontaingnes,
A cui il font de granz essoingnes.
Diex les confonde
Qui sires est de tout le monde !
Et je rotroi que l'en me tonde
Se maus n'en vient ;
Quar d'un proverbe me sovient
Que l'en dit : tout pert qui tout tient.
C'est a bon droit.
La chose gist sor tel endroit
Que chascune beste vodroit
Que venist l'Once.
Se Nobles çopoit a la roinsce,
De mil n'est pas un qui en gronce :
C'est voirs sanz faille.
L'en senesche guerre et bataille :
Il ne me chaut més que bien n'aille.

Explicit Renart le bestourné.

et dont le nom est Primaut ;
Renart aussi en a un, qui s'appelle Grimaut.
Ils se moquent de mes vers,
pourvu qu'ils puissent faire le mal
et détruire les bons usages.
Que Dieu leur accorde ce qu'ils recherchent,
et qu'ils finissent au gibet !
Car telle est la fin digne de leurs activités :
ils sont sans miséricorde
et sans pitié,
sans charité ni tendresse.
Tous ont détourné Monseigneur Noble
des bonnes habitudes :
sa maison est devenue un ermitage.
A cause d'eux, que de pertes de temps,
que de vaines attentes
pour les pauvres bêtes, éloignées de la cour,
pour qui ils multiplient les difficultés !
Que Dieu,
le Seigneur du monde, cause leur perte !
Quant à moi, je veux bien que l'on me tonde
si le mal qu'ils font ne retombe sur eux ;
car je me rappelle un proverbe
fort répandu : on perd tout en voulant tout gagner ;
ce qui est parfaitement juste.
Les choses en sont venues à un point tel
que chaque bête souhaite
la venue de l'Once.
Si Noble trébuchait dans les ronces,
il n'y en aurait pas une sur mille pour le regretter :
c'est la vérité vraie.
On présage guerre et bataille :
peu m'importe désormais que tout aille mal.

Fin de *La Métamorphose de Renart*.

LE MARIAGE RUSTEBEUF

En l'an de l'Incarnacion,
Uit jors aprés la nascion
Jhesu qui soufri passion,
En l'an soissante,
Qu'arbres n'a foille, oisel ne chante,
Fis je toute la rien dolante
Qui de cuer m'aime.
Nis li musars musart me claime.
Or puis filer, qu'il me faut traime :
Moult ai a faire.
Diex ne fist cuer tant deputaire,
Tant li aie fet de contraire
Ne de martire,
S'il en mon martire se mire,
Qui ne doie de bon cuer dire :
« Je te claim cuite ».
Envoyer un homme en Egypte,
Ceste dolor est plus petite
Que n'est la moie.
Je n'en puis més se je m'esmoie.
L'en dit que fols qui ne foloie
Pert sa seson :
Sui je mariez sanz reson ?

LE MARIAGE DE RUTEBEUF

En l'an de l'Incarnation,
huit jours après la nativité
de Jésus qui souffrit la Passion,
    en l'an soixante,
quand les arbres n'ont plus de feuilles et que les oiseaux ne
j'ai plongé dans une profonde affliction   [chantent plus,
    celle qui m'aime du fond du cœur.
Même le sot me traite de sot.
Maintenant, n'ayant plus de trame, je n'ai plus qu'à filer,
    et j'ai fort à faire.
Dieu n'a pas créé d'âme si insensible
qui, à considérer mon martyre,
n'oublie que je lui ai causé du tort
    et du tourment,
et n'accepte de dire sans arrière-pensée :
    « Tu es quitte, je te pardonne. »
Car envoyer un homme en Egypte
est un châtiment moins rude
    que celui que je subis.
Rien que d'y penser, je ne puis m'empêcher de trembler.
On dit qu'un fou qui ne commet pas de folies
    perd son temps :
me suis-je marié sans raison ?

Or n'ai ne borde ne meson.
Encor plus fort :
Por plus doner de reconfort
A cels qui me heent de mort,
Tel fame ai prise
Que nus fors moi n'aime ne prise,
Et s'estoit povre et entreprise
Quant je la pris.
A ci mariage de pris,
C'or sui povres et entrepris
Ausi comme ele !
Et si n'est pas gente ne bele ;
Cinquante anz a en s'escuele,
S'est maigre et seche :
N'ai pas paor qu'ele me treche.
Despuis que fu nez en la greche
Diex de Marie,
Ne fu més tele espouserie.
Je sui toz plains d'envoiserie :
Bien pert a l'uevre.
Or dira l'en que mal se prueve
Rustebuef qui rudement oevre :
L'en dira voir
Quant je ne porai robe avoir.
A toz mes amis faz savoir
Qu'il se confortent,
Plus bel qu'il porront se deportent :
A cels qui tels noveles portent
Ne doingnent gaires !
Petit dout mes provos ne maires.
Je cuit que Diex li debonaires
M'aime de loing :
Bien l'ai prové a cest besoing.
La sui ou le mail met le coing :
Diex m'i a mis.

En tout cas, je n'ai plus ni masure ni maison,
    mais voilà encore mieux :
pour combler de joie
les gens qui me haïssent à mort,
    j'ai épousé une femme
que je suis seul capable d'aimer et d'apprécier,
et qui était pauvre et misérable
    quand je l'ai épousée.
Quel beau mariage,
car je suis maintenant aussi pauvre et misérable
    qu'elle !
Elle n'est même pas avenante ni belle,
elle a cinquante ans dans sa corbeille,
elle est maigre et sèche :
je n'ai pas peur qu'elle me trompe.
Depuis que Marie dans la crèche
    mit Dieu au monde,
on ne vit un tel ménage.
Je suis au comble de la joie,
    on le voit à ma façon de faire.
On va dire que Rutebeuf se débrouille mal,
bien qu'il soit rude à la tâche :
    on aura raison
puisque je serai incapable de me procurer un vêtement.
A tous mes amis je demande
    de se consoler
et de s'en donner à cœur joie ;
envers ceux qui leur apportent ces nouvelles,
    qu'ils ne soient pas très généreux !
Je n'ai rien à craindre désormais des prévôts ni des maires.
Je crois que le très bon Dieu
    m'aime de loin :
je l'ai bien éprouvé dans ce malheur.
Me voici où le marteau enfonce le coin,
    et c'est Dieu qui m'y a mis.

Or faz feste a mes anemis,
Duel et corouz a mes amis.
        Or du voir dire !
Se Dieu ai fet corouz ne ire,
De moi se puet jouer et rire,
        Que biau s'en vange.
Or me covient froter au lange.
Je ne dout privé ne estrange
        Que il riens m'emble.
N'ai pas busche de chesne ensamble ;
Quant g'i sui, si a fou et tramble :
        N'est ce assez ?
Mes pos est brisiez et quassez
Et j'ai toz mes bons jors passez.
        Je qu'en diroie ?
Nis la destruction de Troie
Ne fu si grant comme est la moie.
        Encore i a,
Foi que doi *Ave Maria* ;
S'onques nus hom por mort pria,
        Si prit por moi !
Je n'en puis més se je m'esmoi.
Avant que viegne avril ne may
        Vendra quaresme ;
De ce puis bien dire mon esme :
De poisson autant com de cresme
        Avra ma fame.
Grant loisir a de sauver s'ame :
Or geünt por la douce Dame,
        Qu'ele a loisir,
Et voist de haute eure gesir,
Qu'el n'avra pas tout son desir,
        C'est sanz doutance !
Or soit plaine de grant soufrance,
Que c'est la plus grant porveance

Je suis un sujet de joie pour mes ennemis,
de chagrin et de tristesse pour mes amis.
Pour dire vrai,
si j'ai provoqué la colère de Dieu,
il peut se jouer et rire de moi
car il se venge bien,
contraint que je suis de porter mon manteau à même la
Je n'ai pas à craindre qu'ami ou étranger [peau.
me volent quoi que ce soit.
Je n'ai pas deux bûches de chêne chez moi,
mais, quand j'y suis, il y a au moins un fou qui tremble de
que vous faut-il de plus ? [froid :
Mon pot est en mille morceaux,
Tous mes beaux jours sont derrière moi.
Que puis-je vous en dire ?
Même la ruine de Troie
ne fut pas, je crois, plus complète que la mienne.
Mais il y a pire,
par la foi que je dois à l'*Ave Maria* ;
si jamais quelqu'un pria pour un mort,
qu'il prie pour moi !
Rien que d'y penser, je ne puis m'empêcher de trembler.
Avant que ne reviennent avril et mai,
ce sera le carême ;
sur ce point je puis bien vous donner mon opinion :
ma femme aura autant de poisson
que de crème.
Elle a tout loisir de sauver son âme,
et maintenant qu'elle jeûne pour la douce Dame,
car elle en a le loisir,
et qu'elle aille se coucher de bonne heure,
puisqu'elle n'aura pas tout ce qu'elle désire,
c'est là chose assurée !
Qu'elle se rassasie de résignation,
c'est le meilleur remède

Que je i voie.
Par cel Seignor qui tout avoie,
Quant je la pris, petit avoie
Et ele mains.
Je ne sui pas ouvriers des mains.
L'en ne savra ja ou je mains
Por ma poverte ;
Ja n'i sera ma porte ouverte,
Quar ma meson est trop deserte
Et povre et gaste :
Sovent n'i a ne pain ne paste.
Ne me blasmez se ne me haste
D'aler arriere,
Que ja n'i avrai bele chiere :
L'en n'a pas ma venue chiere
Se je n'aporte.
C'est ce qui plus me desconforte
Que je n'ose entrer en ma porte
A vuide main.
Savez comment je me demain ?
L'esperance de l'endemain,
Ce sont mes festes.
L'en cuide que je soie prestres,
Quar je faz plus sainier de testes
(Ce n'est pas guile)
Que se je chantaisse Evangile.
L'en se saine parmi la vile
De mes merveilles ;
On les doit bien conter aus veilles :
Il n'i a nules lor pareilles,
Ce n'est pas doute.
Il pert bien que je n'i vi goute ;
Diex n'a nul martir en sa route
Qui tant ait fet ;
S'il ont esté por Dieu desfet,

que je puisse lui donner.
Par le Seigneur qui conduit tout,
quand je l'épousai, j'avais peu de biens,
et elle encore moins.
Je ne sais pas travailler de mes mains.
On oubliera où je demeure
à cause de ma pauvreté ;
jamais ma porte ne sera ouverte,
car ma maison est trop déserte,
pauvre et vide ;
souvent il n'y a ni pain ni pâte.
Ne me blâmez pas si je ne suis pas pressé
de rentrer chez moi,
car je n'y serai pas bien accueilli :
on n'y fêtera pas mon retour
si je ne rapporte rien.
C'est ce qui m'afflige le plus,
de n'oser revenir à la maison
les mains vides.
Savez-vous comment je survis ?
L'espérance du lendemain,
voilà mes fêtes !
On croit que je suis prêtre
car sur mon passage on se signe plus
(c'est la pure vérité)
que si je chantais l'Evangile.
On se signe dans toute la ville
au récit de mon effroyable misère
et on a raison de la raconter aux veillées,
car elle est sans aucun doute
unique en son genre.
Il paraît bien que je fus aveugle ;
Dieu, dans son cortège, n'a pas de martyr
qui ait tant souffert :
si, pour la gloire de Dieu, ils ont été détruits,

Rosti, lapidé ou detret,
Je n'en dout mie
Que lor paine fu tost fenie ;
Més ce durra toute ma vie
Sanz avoir aise.
Or pri a Dieu que il li plaise
Ceste dolor, ceste mesaise
Et ceste enfance
M'atort a vraie penitance
Si qu'avoir puisse s'acointance.

Amen.

Explicit le mariage Rustebuef.

grillés, lapidés, écartelés,
je suis sûr
que leurs souffrances prirent rapidement fin,
tandis que les miennes dureront autant que ma vie
sans espoir de soulagement.
Maintenant je prie Dieu de bien vouloir accepter
que cette souffrance, cette misère
et cette folie
me soient comptées comme vraie pénitence
afin que je puisse prendre place parmi les Siens.
Amen.

Fin du *Mariage de Rutebeuf*.

LA COMPLAINTE RUTEBEUF

Ne covient pas que vous raconte,
Comment je me sui mis a honte,
Quar bien avez oï le conte
En quel maniere
Je pris ma fame darreniere,
Qui bele ne gente nen iere.
Lors nasqui paine
Qui dura plus d'une semaine,
Qu'el commença en lune plaine.
Or entendez,
Vous qui rime me demandez,
Comment je me sui amendez
De fame prendre.
Je n'ai qu'engagier ne que vendre,
Que j'ai tant eü a entendre
Et tant a fere
(Quanques j'ai fet est a refere)
Que, qui le vous voudroit retrere,
Il durroit trop.
Diex m'a fet compaignon a Job,
Qu'il m'a tolu a un seul cop
Quanques j'avoie.

LA COMPLAINTE DE RUTEBEUF

Nul besoin de vous rappeler
la honte dont je me suis couvert,
car vous connaissez déjà l'histoire,
    comment
j'épousai récemment ma femme,
qui n'était ni avenante ni belle.
    De là vint le mal
qui dura plus d'une semaine,
car il débuta avec la pleine lune.
    Ecoutez donc,
vous qui me demandez des vers,
quels avantages j'ai retirés
    du mariage.
Je n'ai plus rien à mettre en gage ni à vendre :
il m'a fallu répondre à tant de besoins,
    faire face à tant de difficultés
que tout ce que j'ai fait est encore à refaire
si bien que je renonce à tout vous raconter :
    cela m'entraînerait trop loin.
Dieu a fait de moi le frère de Job,
en m'enlevant brutalement
    tout ce que j'avais.

De l'ueil destre, dont miex veoie,
Ne voi je pas aler la voie
Ne moi conduire.
A ci dolor dolente et dure,
Qu'a miedi m'est nuiz obscure
De celui œil.
Or n'ai je pas quanques je vueil,
Ainz sui dolenz et si me dueil
Parfondement,
C'or sui en grant afondement
Se par cels n'ai relevement
Qui jusqu'a ci
M'ont secoru, la lor merci.
Le cuer en ai triste et noirci
De cest mehaing,
Quar je n'i voi pas mon gaaing.
Or n'ai je pas quanques je haing :
C'est mes domages.
Ne sai se ç'a fet mes outrages ;
Or devendrai sobres et sages
Aprés le fet
Et me garderai de forfet ;
Més ce que vaut quant c'est ja fet ?
Tart sui meüs,
A tart me sui aparceüs
Quant je sui ja es las cheüs
Cest premier an.
Me gart cil Diex en mon droit san
Qui por nous ot paine et ahan,
Et me gart l'ame !
Or a d'enfant geü ma fame ;
Mon cheval a brisié la jame
A une lice ;
Or veut de l'argent ma norrice,
Qui m'en destraint et me pelice

Avec mon œil droit qui était le meilleur,
je ne vois pas assez pour me guider
    et me diriger.
Quel amer et pénible chagrin
que pour cet œil il fasse nuit noire
    à midi !
Loin d'avoir tout ce que je pourrais souhaiter,
je continuerai de souffrir
    et de me tourmenter
dans ma misère extrême,
si ne viennent me relever les gens
    qui, jusqu'ici,
ont eu la bonté de me secourir.
J'ai le cœur attristé et assombri
    d'être à ce point infirme,
car je n'y trouve pas mon bénéfice.
Maintenant je n'ai rien de ce que j'aime :
    voilà mon malheur.
Je ne sais si mes excès en sont la cause ;
je jure de devenir sobre et mesuré
    (mais c'est après la faute !)
et je jure de ne plus recommencer ;
mais à quoi bon ? Tout est consommé.
    J'ai mis du temps à changer,
j'ai trop mis de temps à me rendre compte
que j'étais déjà pris au piège
    en cette première année.
Que Dieu qui souffrit pour nous peine et passion,
me conserve la raison
    et sauve mon âme !
Voici que ma femme a mis au monde un enfant,
et que mon cheval s'est brisé une patte
    contre une palissade ;
voici que la nourrice réclame ses gages,
m'écorchant peau et pelisse

58 Por l'enfant pestre,
Ou il revendra brere en l'estre.
Cil Damediex qui le fist nestre
61 Li doinst chevance
Et li envoit sa soustenance
Et me doinst encore alejance
64 Qu'aidier li puisse,
Que la povretez ne me nuise
Et que miex son vivre li truise
67 Que je ne fais !
Se je m'esmai je n'en puis mais,
C'or n'ai ne dousaine ne fais,
70 En ma meson,
De busche por ceste seson.
Si esbahiz ne fu més hom
73 Com je sui, voir,
C'onques ne fui a mains d'avoir.
Mes ostes veut l'argent avoir
76 De son osté,
Et j'en ai presque tout osté,
Et si me sont nu li costé
79 Contre l'yver.
Cist mot me sont dur et diver,
Dont moult me sont changié li ver
82 Envers antan ;
Por poi n'afol quant g'i entan.
Ne m'estuet pas taner en tan,
85 Quar le resveil
Me tane assez quant je m'esveil ;
Si ne sai, se je dorm ou veil
88 Ou se je pens,
Quel part je penrai mon despens
Par quoi puisse passer le tens :
91 Tel siecle ai gié.
Mi gage sont tuit engagié,

pour nourrir l'enfant,
sinon il reviendra brailler dans la maison.
Que le Seigneur Dieu qui le fit naître
lui donne de quoi manger
et lui envoie sa subsistance,
et qu'Il soulage aussi ma peine,
afin que je puisse subvenir à ses besoins
et que la pauvreté ne m'interdise pas
de lui procurer son pain mieux
que je ne fais !
Rien que d'y penser, je ne puis m'empêcher de trembler,
car à cette heure je n'ai chez moi
ni tas ni fagot
de bûches pour cet hiver.
Jamais personne ne fut aussi accablé
que je le suis, de vrai,
car jamais je n'eus si peu d'argent.
Mon propriétaire veut que je lui paie
son loyer ;
j'ai presque entièrement vidé ma maison,
et je n'ai rien à me mettre sur le dos
pour cet hiver.
Mes chansons sont pleines de tristesse et d'amertume,
bien différentes de mes poèmes
de l'année passée.
Peu s'en faut que je ne délire quand j'y pense.
Inutile de chercher du tan pour me tanner
car les soucis du réveil
suffisent bien à me tanner.
Mais, que je dorme, que je veille ou que je réfléchisse,
je ne sais
où trouver des provisions
qui me permettent de passer les moments difficiles :
voilà la vie que je mène.
Mes gages sont tous engagés,

Et de chiés moi desmanagié,
94 Car j'ai geü
Trois mois que nului n'ai veü.
Ma fame ra enfant eü,
97 C'un mois entier
Me ra geü sor le chantier.
Je me gisoie endementier
100 En l'autre lit,
Ou j'avoie pou de delit.
Onques més mains ne m'abelit
103 Gesir que lors,
Quar j'en sui de mon avoir fors
Et s'en sui mehaigniez du cors
106 Jusqu'au fenir.
Li mal ne sevent seul venir ;
Tout ce m'estoit a avenir,
109 S'est avenu.
Que sont mi ami devenu
Que j'avoie si pres tenu
112 Et tant amé ?
Je cuit qu'il sont trop cler semé ;
Il ne furent pas bien femé,
115 Si sont failli.
Itel ami m'ont mal bailli,
C'onques, tant com Diex m'assailli
118 En maint costé,
N'en vi un seul en mon osté.
Je cuit li vens les a osté,
121 L'amor est morte.
Ce sont ami que vens enporte,
Et il ventoit devant ma porte
124 Ses enporta,
C'onques nus ne m'en conforta
Ne du sien riens ne m'aporta.
127 Ice m'aprent

et ma maison déménagée
car je suis resté couché
trois mois sans voir personne.
Quant à ma femme qui a eu un enfant,
pendant tout un mois
elle fut à deux doigts de la mort.
Pendant tout ce temps, j'étais couché
dans l'autre lit
où je trouvais bien peu d'agrément.
Jamais, à rester au lit, je n'eus moins
de plaisir qu'alors,
car, de ce fait, je perds de l'argent
et je serai physiquement amoindri
jusqu'à mon dernier jour.
Comme un malheur n'arrive jamais seul,
tout ce qui pouvait m'arriver
m'est arrivé.
Que sont devenus mes amis
qui m'étaient si intimes
et si chers ?
Je crois qu'ils sont bien rares :
faute de les avoir entretenus,
je les ai perdus.
Ces amis m'ont maltraité
car jamais, tant que Dieu m'a assailli
de tous côtés,
je n'en vis un seul chez moi.
Je crois que le vent les a dispersés,
l'amitié est morte :
ce sont amis que vent emporte
et il ventait devant ma porte ;
aussi furent-ils emportés
si bien que jamais personne ne me consola
ni ne m'apporta un peu de son bien.
Voici la leçon que j'en tire :

Qui auques a, privé le prent ;
Més cil trop a tart se repent
Qui trop a mis
De son avoir por fere amis,
Qu'il nes trueve entiers ne demis
A lui secorre.
Or lerai donc fortune corre
Si entendrai a moi rescorre
Se jel puis fere.
Vers mes preudommes m'estuet trere
Qui sont cortois et debonere
Et m'ont norri.
Mi autre ami sont tuit porri :
Je les envoi a mestre Orri
Et se li lais.
On en doit bien fere son lais
Et tel gent lessier en relais
Sanz reclamer,
Qu'il n'a en els rien a amer
Que l'en doie a amor clamer.
Or pri Celui
Qui trois parties fist de lui,
Qui refuser ne set nului
Qui le reclaime,
Qui l'aeure et seignor le claime,
Et qui cels tempte que il aime,
Qu'il m'a tempté,
Que il me doinst bone santé,
Que je face sa volenté
Tout sanz desroi.
Monseignor qui est filz de roi
Mon dit et ma complainte envoi,
Qu'il m'est mestiers,
Qu'il m'a aidié moult volentiers :
Ce est li bons quens de Poitiers

le peu qu'on a, un ami le prend,
tandis qu'on se repent trop tard
    d'avoir dissipé
sa fortune pour se faire des amis,
car on ne les trouve pas décidés à vous aider
    en tout ou en partie.
Maintenant je laisserai la Fortune tourner sa roue
et m'appliquerai à me tirer d'affaire
    si je le puis.
Il me faut aller vers mes loyaux protecteurs
qui sont délicats et généreux
    et qui m'ont déjà secouru.
Mes autres amis se sont gâtés :
je les envoie à la poubelle de Maître Orri
    et les lui abandonne.
On doit renoncer à eux
et les abandonner
    sans rien demander,
car il n'y a en eux rien que l'on puisse aimer,
rien que l'on doive appeler de l'amitié.
    Aussi je prie Celui
qui s'est fait trinité
et ne sait dire non
    à qui L'implore,
L'adore et L'appelle son seigneur,
et qui éprouve les gens qu'Il aime
    (aussi m'a-t-Il soumis à la tentation)
afin qu'Il m'accorde une bonne santé
et que je fasse Sa volonté
    sans faillir.
A mon seigneur qui est fils de roi,
j'envoie mon dit et ma complainte
    car j'ai besoin de lui
qui m'a aidé de si bonne grâce :
c'est le bon comte de Poitiers

163 Et de Toulouse ;
Il savra bien que cil goulouse
Qui si fetement se dolouse.

Explicit la complainte Rustebuef.

et de Toulouse ;
il devinera bien ce qui peut être utile
à l'homme en proie à de telles douleurs.

Fin de *La Complainte de Rutebeuf.*

C'EST LE DIT D'ARISTOTLE

Aristotles a Alixandre
Enseigne et si li fait entendre
En son livre versefié,
Enz el premier quaier hé,
Conment il doit el siecle vivre.
Et Rutebués l'a trait dou livre.
« De tes barons croi le consoil,
Ce te loz je bien et consoil.
Ja serf de deus langues n'ameir,
Qu'il porte le miel et l'ameir.
N'essaucier home que ne doies,
Et par cest example le voies
C'uns ruissiaux acreüz de pluie
Sort plus de roit et torne en fuie
Que ne fait l'iaue qui decourt :
Ausi fel essauciez en court
Est plus crueuz et plus vilains
Que n'est ne cuens ne chatelains
Qui sont riche d'anceserie.
Si te pri por sainte Marie,
Se tu voiz home qui le vaille,
Garde qu'a ton bienfait ne faille ;
N'i prent ja garde a parentei,
C'om voit de teux a grant plantei

LE DIT D'ARISTOTE

Aristote enseigne
et expose à Alexandre
au premier livre
d'un de ses ouvrages en vers
comment il doit se comporter dans le monde.
De ce livre, Rutebeuf a tiré son dit.
« Suis les conseils de tes barons,
je te le recommande et conseille vivement.
N'écoute pas les serfs à la langue fourchue,
car ils apportent le miel et le fiel.
N'élève pas un homme qui ne le mérite pas,
comme cet exemple le démontre :
un ruisseau gonflé par la pluie
déborde plus facilement de son lit
que le fleuve qui suit son cours.
De la même manière, un homme de peu, devenu puissant
est plus dur et plus vil [en une cour,
qu'un comte ou un châtelain
dont la puissance est ancienne.
Cependant, je t'en prie par sainte Marie,
si tu distingues un homme de mérite,
veille à le récompenser,
sans tenir compte de sa naissance,
car il ne manque pas

Qui sont de bone gent estrait
Dont on asseiz de mal retrait.
« Jadiz ot en Egypte un roi
Sage, large, de grant erroi,
Liez et joians, haitiez et baux,
Et ses fils fu povres ribaux
Et conquist asseiz anemis.
Puis que Nature en l'ome a mis
Sens et valour et cortoisie,
Il est quites de vilonie.
Tex est li hons com il se fait.
Uns homs son lignage refait,
Et uns autres lou sien depiece.
Je ne porroie croire a piece
Que cil ne fust droiz gentiz hom
Qui fausetei et traïson
Heit et eschue, et honeur ainme ;
Ou je ne sai pas qui s'en clainme
Jentil ne vilain autrement.
Or n'i a plus, je te demant
En don que tu ainmes preudoume,
Car de tout bien est ce la some.
« Hom puet bien regneir une piece
Par faucetei avant c'om chiece,
Et plus qui plus seit de barat ;
Mais il covient qu'il se barat
Li meïsmes, que qu'il i mete ;
Ne jamais nuns ne s'entremete
De bareteir, que il ne sache
Que baraz li rendra la vache.
« Se tu iez de querele juges,
Garde que tu si a droit juges
Que tu n'en faces a reprandre.
Juge le droit sans l'autrui prandre :
Juges qui prent n'est pas jugerres,

de gens de bonne naissance
dont on ne retire que du mal.
« Jadis il y eut en Egypte un roi
sage, généreux, munificent,
gai et joyeux, plein de santé et d'énergie,
dont le fils ne fut qu'un misérable débauché
qui se fit beaucoup d'ennemis.
Du moment que Nature a mis en l'homme
bon sens, valeur et délicatesse,
il est préservé de la bassesse.
L'homme est ce qu'il se fait lui-même.
L'un illustre le blason de son lignage,
l'autre le déshonore.
Je ne pourrais jamais croire
que l'on refuse d'appeler vrai gentilhomme
celui qui bannit et proscrit la fausseté et la trahison,
et qui a le sens de l'honneur ;
autrement je ne vois pas qui pourrait
se proclamer noble ou vilain.
Il n'y a rien à ajouter : je te demande
instamment d'aimer les gens de bien,
car ils rassemblent en eux toutes les qualités.
« On peut pendant un temps régner
par la tromperie avant de déchoir,
et d'autant plus longtemps que l'on est plus rusé ;
mais on finit nécessairement par se tromper
soi-même, quoi que l'on fasse ;
que personne n'entreprenne jamais
de tromper sans savoir
que la tromperie lui rendra la monnaie de sa pièce.
« Si tu dois régler un différend,
fais-le en toute justice
en sorte que l'on ne puisse rien te reprocher.
Rends la justice sans prendre le bien d'autrui :
Le juge corrompu n'est pas un juge,

Ainz est jugiez a estre lerres.
« Et se il te covient doneir,
Je ne t'i vuel plus sarmoneir :
Au doneir done en teil meniere
Que miex vaille la bele chiere
Que feras, au doneir le don,
Que li dons : car ce fait preudom.
« Qui at les bones mours el cuer
Les euvres moustrent par defuer.
Seule noblesce franche et sage
Emplit de tout bien le corage
Dou preudoume loiaul et fin ;
Ses biens le moinne a boenne fin.
Au mauvais pert sa mauvistiez :
Tout adés fait le deshaitiez
Quant il voit preudoume venir.
Et ce si nos fait retenir
C'on doit connoistre boens et maus
Et desevreir les boens des faus.
« Murs ne arme ne puet deffendre
Roi qu'a doneir ne vuet entendre.
Rois n'a mestier de forteresce
Qui a le cuer plain de largesse.
Hauz hom ne puet avoir nul vice
Qui tant li griet conme avarice.
A Dieu te coumant qui te gart.
Prent bien a ces choses regart. »

Explicit.

mais on le considère comme un brigand.
« Et si tu dois faire des largesses,
je me contenterai de ce conseil :
quand tu donnes, fais-le de telle façon
que ta manière de donner
vaille mieux que ce que tu donnes,
car c'est ainsi qu'agit l'homme de bien.
« Les qualités du cœur
se manifestent dans les actes.
A elle seule la noblesse généreuse et avisée
remplit de toutes les qualités le cœur
de l'homme de bien loyal et parfait :
sa vertu le conduit à une fin honnête.
Le méchant laisse paraître sa méchanceté,
car toujours il fait grise mine
quand il voit venir un homme de bien.
Ce qui nous invite à nous rappeler
que l'on doit distinguer entre bons et mauvais
et séparer les gens de bien des traîtres.
« Ni armes ni remparts ne sauraient protéger
un roi qui refuse de répandre ses largesses.
En revanche, un roi n'a pas besoin de forteresse
quand il a le cœur généreux.
Un homme puissant ne peut avoir aucun vice
qui lui cause autant de tort que la cupidité.
Je te recommande à Dieu afin qu'il te garde,
et tiens bien compte de tout ce que je t'ai dit. »

Fin.

C'EST LA PAIZ DE RUTEBUEF

I

Mon boen ami, Dieus le mainteingne !
Mais raisons me montre et enseingne
Qu'a Dieu fasse une teil priere :
S'il est moiens, que Dieus l'i tiengne !
Que, puis qu'en seignorie veingne,
G'i per honeur et bele chiere.
Moiens est de bele meniere
Et s'amors est ferme et entiere,
Et ceit bon grei qui le compeingne ;
Car com plus basse est la lumière,
Mieus voit hon avant et arriere,
Et com plus hauce plus esloigne.

II

Quant li moiens devient granz sires,
Lors vient flaters et nait mesdires :
Qui plus en seit, plus a sa grace ;

LA PAIX DE RUTEBEUF

I

Mon bon ami, que Dieu le protège !
Mais le bon sens m'invite et m'exhorte
à adresser à Dieu cette prière :
s'il est de condition moyenne, que Dieu l'y maintienne !
car, dès qu'il lui arrive de devenir seigneur,
j'y perds l'honneur et bon accueil.
L'homme de condition moyenne est délicat,
son amitié solide et durable,
sa compagnie agréable,
car plus la lumière est basse,
mieux elle éclaire autour d'elle,
mais plus elle est haute, plus elle s'éloigne.

II

Quand l'homme de condition moyenne devient un grand
[personnage,
les flatteries commencent à se répandre et les médisances à
[circuler :
plus on y est habile, plus on obtient ses faveurs.

Lors est perduz joers et rires,
Ses roiaumes devient empires
Et tuit ensuient une trace.
Li povre amis est en espace ;
S'il vient a cort, chacuns l'en chace
Par groz moz ou par vitupires.
Li flateres de pute estrace
Fait cui il vuet vuidier la place :
S'il vuet, li mieudres est li pires.

III

Riches hom qui flateour croit
Fait de legier plus tort que droit,
Et de legier faut a droiture
Quant de legier croit et mescroit :
Fos est qui sor s'amour acroit,
Et sages qui entour li dure.
Jamais jor ne metrai ma cure
En faire raison ne mesure,
Se n'est por Celui qui tot voit,
Car s'amours est ferme et seüre ;
Sages est qu'en li s'aseüre :
Tuit li autre sunt d'un endroit.

IV

J'avoie un boen ami en France,
Or l'ai perdu par mescheance ;
De totes pars Dieus me guerroie,
De totes pars pers je chevance :
Dieus le m'atort a penitance
Que par tanz cuit que pou i voie !
De sa veüe rait il joie
Ausi grant com je de la moie

Finis les jeux et les rires.
Son royaume dégénère en empire,
et tous suivent le même chemin.
L'ami pauvre est tenu à l'écart ;
s'il s'aventure à la cour, chacun l'en chasse
par des injures et des reproches.
Le vil flatteur
fait vider la place à qui il entend :
à son gré, le meilleur devient le pire.

III

Le puissant qui croit les flatteurs
est facilement plus injuste que juste,
et manque facilement à la justice
puisqu'il accorde sa confiance aussi facilement qu'il la [refuse.
C'est folie que de se fier à ses bons sentiments
et prudence que d'être toujours à ses côtés.
Jamais de ma vie je ne m'appliquerai
à servir scrupuleusement et aveuglément qui que ce soit,
sinon Celui qui voit tout,
car Son amour est constant et solide.
C'est sagesse que de Lui faire confiance :
tous les autres se ressemblent.

IV

J'avais en France un bon ami
que le malheur m'a fait perdre.
De tous côtés Dieu me fait la guerre,
de tous côtés je perds ma subsistance.
Que Dieu veuille me compter comme pénitence
de devenir bientôt, à ce que je crois, presque aveugle !
Qu'avec sa vue il ait autant de joie
que moi avec la mienne,

45 Qui m'a meü teil mesestance !
Mais bien le sache et si le croie :
J'avrai asseiz ou que je soie,
48 Qui qu'en ait anui et pezance.

Explicit.

l'homme qui m'a procuré une telle affliction !
Mais qu'il soit persuadé de cette vérité :
j'aurai toujours assez où que je sois,
et tant pis pour qui en concevra dépit ou regret.

Fin.

C'EST DE LA POVRETEI RUTEBUEF

Je ne sai par ou je coumance,
Tant ai de matyere abondance
Por parleir de ma povretei.
Por Dieu vos pri, frans rois de France,
Que me doneiz queilque chevance,
Si fereiz trop grant charitei.
J'ai vescu de l'autrui chatei
Que hon m'a creü et prestei :
Or me faut chacuns de creance,
C'om me seit povre et endetei ;
Vos raveiz hors dou reigne estei,
Ou toute avoie m'atendance.

Entre chier tens et ma mainie,
Qui n'est malade ne fainie,
Ne m'ont laissié deniers ne gages.
Gent truis d'escondire arainie
Et de doneir mal enseignie :
Dou sien gardeir est chacuns sages.
Mors me ra fait de granz damages ;
Et vos, boens rois (en deus voiages
M'aveiz bone gent esloignie)
Et li lontainz pelerinages
De Tunes, qui est leuz sauvages,
Et la male gent renoïe.

LA PAUVRETÉ DE RUTEBEUF

Je ne sais par où commencer,
tellement la matière est abondante
quand il est question de ma pauvreté.
Au nom de Dieu, je vous prie, noble roi de France,
de m'accorder quelque moyen de vivre ;
ce serait grande charité de votre part.
J'ai vécu du bien d'autrui
que l'on me prêtait à crédit :
maintenant personne ne me fait créance
car on me sait pauvre et endetté.
Quant à vous, vous étiez de nouveau loin du royaume,
vous en qui reposait toute mon espérance.

La cherté de la vie et l'entretien d'une famille
qui ne se laisse mourir ni abattre,
ont mis à plat mes finances et tari mes ressources.
Je rencontre des gens adroits à refuser
et peu enclins à donner ;
chacun s'entend à conserver son bien.
La mort de son côté s'est acharnée à me nuire,
ainsi que vous, bon roi (en deux expéditions
vous avez éloigné de moi les gens de bien)
ainsi que le lointain pèlerinage
de Tunisie, contrée sauvage,
ainsi que la maudite race des infidèles.

Granz rois, s'il avient qu'a vos faille,
A touz ai ge failli sanz faille.
Vivres me faut et est failliz ;
Nuns ne me tent, nuns ne me baille,
Je touz de froit, de fain baaille,
Dont je suis mors et maubailliz.
Je suis sanz coutes et sanz liz,
N'a si povre jusqu'a Sanliz.
Sire, si ne sai quel part aille ;
Mes costeiz connoit le pailliz,
Et liz de paille n'est pas liz,
Et en mon lit n'a fors la paille.

Sire, je vos fais a savoir
Je n'ai de quoi do pain avoir.
A Paris sui entre touz biens,
Et n'i a nul qui i soit miens.
Pou i voi et si i preig pou ;
Il m'i souvient plus de saint Pou
Qu'il ne fait de nul autre apotre.
Bien sai *pater,* ne sai qu'est *notre,*
Que li chiers tenz m'a tot ostei,
Qu'il m'a si vuidié mon hostei
Que li *credo* m'est deveeiz,
Et je n'ai plus que vos veeiz.

Explicit.

Grand roi, s'il m'arrive que vous vous dérobiez,
tous à coup sûr se déroberont.
Ma vie se dérobe, elle est finie.
Personne ne me tend la main, personne ne me donne rien.
Toussant de froid, bâillant de faim,
je suis à bout de ressources, dans la détresse.
Je n'ai ni couverture ni lit,
il n'est personne de si pauvre, cherchât-on jusqu'à Senlis.
Sire, je ne sais où aller.
Mes côtes ont l'habitude de la paille,
mais un lit de paille n'a rien d'un lit,
et dans mon lit il n'y a que de la paille.

Sire, je vous dis ici
que je n'ai de quoi me procurer du pain.
A Paris, je vis au milieu de toutes les richesses du monde,
et il n'y en a pas une pour moi.
J'en vois bien peu et il m'en échoit bien peu.
Je me souviens plus de Saint Peu
que d'aucun autre apôtre.
Je sais ce qu'est *Pater,* mais *Noster* m'est inconnu,
car la cherté du temps m'a tout ôté
en vidant si bien ma maison
que le *Credo* m'est refusé ;
je n'ai que ce que vous pouvez voir sur moi.

Fin.

CI COUMENCE
LA REPENTANCE RUTEBUEF

I

Lessier m'estuet le rimoier,
Quar je me doi moult esmaier
Quant tenu l'ai si longuement.
Bien me doit le cuer lermoier,
C'onques ne me poi amoier
A Dieu servir parfetement,
Ainz ai mis mon entendement
En geu et en esbatement,
Qu'ainz ne daignai nés saumoier.
Se por moi n'est au Jugement
Cele ou Diex prist aombrement,
Mau marchié pris au paumoier.

II

Tart serai més au repentir,
Las moi, c' onques ne sot sentir
Mes fols cuers quels est repentance
N'a bien fere lui assentir!
Comment oseroie tentir
Quant nes li juste avront doutance?
J'ai toz jors engressié ma pance

LE REPENTIR DE RUTEBEUF

I

Il me faut renoncer à la poésie,
car j'ai des raisons d'être très inquiet.
de l'avoir si longtemps pratiquée.
Mon cœur doit s'emplir de larmes
puisque je n'ai jamais su m'employer
à servir Dieu parfaitement,
mais j'ai appliqué mon intelligence
aux jeux et aux divertissements,
sans jamais daigner réciter un psaume.
Si, au jour du Jugement, je ne reçois l'aide
de Celle en qui Dieu s'est fait homme,
j'ai conclu, en topant là, un mauvais marché.

II

Il sera alors bien tard pour me repentir,
hélas pour moi ! car mon cœur insensé
ne sut jamais découvrir le repentir
ni se décider à bien faire.
Comment oserais-je dire un mot
quand les justes eux-mêmes trembleront ?
Je me suis toujours rempli la panse

D'autrui chatel, d'autrui substance :
Ci a bon clerc, au miex mentir !
Se je di : « C'est par ignorance,
Que je ne sai qu'est penitance »,
Ce ne me puet pas garantir.

III

Garantir ? Las ! en quel maniere ?
Ne me fist Diex bonté entiere
Qui me dona sens et savoir
Et me fist a sa forme chiere ?
Encor me fist bonté plus chiere,
Que por moi vout mort recevoir.
Sens me dona de decevoir
L'Anemi qui me veut avoir
Et metre en sa chartre premiere,
La dont nus ne se puet ravoir
Por priere ne por avoir :
N'en voi nul qui reviegne arriere.

IV

J'ai fet au cors sa volenté,
J'ai fet rimes et s'ai chanté
Sor les uns por aus autres plere,
Dont Anemis m'a enchanté
Et m'ame mise en orfenté
Por mener a felon repere.
Se Cele en qui toz biens resclere
Ne prent en cure mon afere,
De male rente m'a renté
Mes cuers ou tant truis de contraire :
Fisicien n'apoticaire
Ne me pueent doner santé.

aux dépens d'autrui, de la substance d'autrui :
on reconnaît le bon clerc à son art de mentir !
Si je dis : « J'ai péché par ignorance,
ne sachant ce qu'est la pénitence »,
cette excuse ne saurait me sauver.

III

Me sauver ? Hélas ! de quelle manière ?
Dieu ne me manifesta-t-il pas toute sa bonté
en me donnant bon sens et savoir-faire,
en me créant à Son image ?
Il me donna une preuve encore plus grande de Sa bonté
en acceptant de mourir pour moi.
Il m'accorda l'intelligence pour tromper
le Diable qui veut me prendre
et m'enfermer dans la prison originelle
d'où personne ne peut s'échapper,
fût-ce en prodiguant prières ou argent :
je ne vois personne qui en revienne.

IV

J'ai cédé à tous les désirs de mon corps,
j'ai fait des vers et chanté
contre les uns pour plaire aux autres,
ensorcelé par le démon
qui a plongé mon âme dans la misère
pour la conduire à la cruelle demeure.
Si Celle en qui resplendissent toutes les vertus
ne prend en main ma destinée,
j'aurai été bien mal pourvu par mon cœur
où je trouve tant d'ennemis :
ni médecin ni apothicaire
ne sauraient me guérir.

V

Je sai une fisiciene
Que a Lions ne a Viane
Ne tant comme li siecles dure
N'a si bone serurgiene.
N'est plaie, tant soit anciene,
Qu'ele ne netoie et escure,
Puis qu'ele i veut metre sa cure.
Ele espurja de vie obscure
La beneoite Egypciene :
A Dieu la rendi nete et pure.
Si com c'est voirs, si praingne en cure
Ma lasse d'ame crestiene !

VI

Puis que morir voi foible et fort,
Comment prendrai en moi confort
Que de mort me puisse desfendre ?
N'en voi nul, tant ait grant esfort,
Que des piez n'ost le contrefort,
Si fet le cors a terre estendre.
Que puis je, fors la mort atendre ?
La mort ne lest ne dur ne tendre
Por avoir que l'en li aport ;
Et quant li cors est mis en cendre,
Si covient a Dieu reson rendre
De quanques fist dusqu'a la mort.

VII

Or ai tant fet que ne puis més,
Si me covient lessier en pés ;

V

Je connais une femme qui exerce la médecine ;
on ne saurait trouver ni à Lyon ni à Vienne
ni dans le monde entier,
de meilleure chirurgienne.
Il n'est plaie, si ancienne qu'elle soit,
qu'elle ne nettoie et ne guérisse,
dès qu'elle veut s'en occuper.
Elle délivra de sa vie de pécheresse
la bienheureuse Marie l'Egyptienne
qu'elle rendit à Dieu guérie et purifiée.
En foi de quoi, qu'elle prenne soin
de ma pauvre âme de chrétien !

VI

Puisque je vois mourir les faibles et les forts,
comment trouver en moi l'espoir réconfortant
de pouvoir me défendre contre la mort ?
Je ne vois personne, quel que soit son pouvoir,
à qui la mort ne fasse perdre pied
et qu'elle ne terrasse.
Que puis-je faire, sinon l'attendre ?
Elle n'épargne ni les puissants ni les humbles,
quelque richesse qu'on lui apporte.
Et quand le corps est réduit en cendres,
il lui faut rendre compte à Dieu
de ce qu'il fit jusqu'à sa mort !

VII

J'en ai tant fait que je ne puis plus continuer
et qu'il me faut rester tranquille.

Diex doinst que ce ne soit trop tart !
Toz jors ai acreü mon fés,
Et oi dire a clers et a lés :
« Com plus couve li feus plus art. »
Je cuidai engingner Renart :
Or n'i valent engin ne art,
Qu'asseür est en son palés.
Por cest siecle qui se depart
M'en covient partir d'autre part :
Qui que l'envie, je le lés.

Ci faut la repantance Rustebuef.

Dieu fasse qu'il ne soit pas trop tard !
Chaque jour j'ai aggravé mon cas ;
or, comme je l'entends dire aux clercs et aux laïcs,
« Plus le feu couve, plus il brûle ».
Je me croyais plus habile que Renart ;
mais ruses et artifices sont inutiles,
car il vit en toute sécurité dans son palais.
Ce monde tirant sur sa fin,
il me faut partir ailleurs :
libre aux autres de continuer la partie, pour moi, je [l'abandonne.

Fin du *Repentir de Rutebeuf*.

DE BRICHEMER

I

Rimer m'estuet de Brichemer
Qui jue de moi a la briche.
Endroit de moi jel doi amer,
Je nel truis a eschars ne chiche ;
N'a si large jusqu'outre mer,
Quar de promesse m'a fet riche :
Du forment qu'il fera semer
Me fera ancouan flamiche.

II

Brichemer est de bel afere,
N'est pas uns hom plains de desroi :
Cortois et douz et debonere
Le trueve on, et de bel aroi ;
Més n'en puis fors promesse atrere,
Ne je n'i voi autre conroi :
Autele atente m'estuet fere
Com li Breton font de lor roi.

DE BRICHEMER

I

Il me faut composer un poème sur Brichemer
qui se joue de moi au jeu de la tromperie.
Il est bien normal que moi, je l'aime,
car je ne le trouve ni avare ni chiche.
Nul n'est si généreux que lui, cherchât-on outre-mer :
ne m'a-t-il pas enrichi de promesses ?
C'est avec le froment à semer l'an prochain
qu'il va me faire sous peu une galette.

II

Grand personnage, Brichemer
n'est pas un méchant homme :
aimable, doux, généreux
au dire de chacun, il mène grand train ;
mais je n'en puis tirer que des promesses,
et ne vois en lui aucune autre intention :
il me faut attendre de la même manière
que les Bretons attendent le retour du roi Arthur.

III

Ha ! Brichemer, biaus tres douz sire,
Paié m'avez cortoisement,
Quar vostre borse n'en empire,
Ce voit chascuns apertement ;
Més une chose vous vueil dire
Qui n'est pas de grant coustement ;
Ma promesse fetes escrire,
Si soit en vostre testament.

Explicit de Brichemer.

III

Ha ! Brichemer, très cher seigneur,
vous m'avez généreusement secouru,
sans que votre bourse s'en porte plus mal,
comme chacun peut s'en rendre compte.
Mais je veux vous donner un conseil
qui ne vous ruinera pas :
mettez par écrit la promesse que vous m'avez faite,
et inscrivez-la dans votre testament.

Fin de *Brichemer*.

Poèmes pour prier Notre-Dame

L'AVE MARIA RUSTEBUEF

A toutes genz qui ont savoir
Fet Rustebués bien a savoir
Et les semont
Cels qui ont les cuers purs et mont
Doivent tuit deguerpir le mont
Et debouter,
Quar trop covient a redouter
Les ordures a raconter
Que chascuns conte ;
C'est veritez que je vous conte.
Chanoine, clerc et roi et conte
Sont trop aver ;
N'ont cure des ames sauver,
Més les cors baignier et laver
Et bien norrir ;
Quar il ne cuident pas morir
Ne dedenz la terre porrir,
Més si feront,
Que ja garde ne s'i prendront
Que tel morsel engloutiront
Qui leur nuira,
Que la lasse d'ame cuira

L'*AVE MARIA* DE RUTEBEUF

A tous ceux qui ont quelque sagesse
Rutebeuf tient à faire savoir
    et donne ce conseil :
ceux qui ont le cœur pur et sans tache
doivent tous abandonner le monde
    et s'en aller,
car il faut beaucoup redouter
le récit des actions déshonnêtes
    que tout le monde raconte ;
c'est la vérité que je vous dis.
Chanoines, clercs, rois et comtes
    sont très avares ;
ils ne se soucient pas de sauver leurs âmes,
mais de baigner leurs corps, de les laver
    et de les bien nourrir ;
car ils ne s'imaginent pas qu'ils vont mourir
et dans la terre pourrir ;
    mais c'est ce qu'ils feront,
car ils ne prendront pas garde
à cette bouchée qu'ils avaleront
    et qui leur nuira,
si bien que leur pauvre âme brûlera

En enfer, ou ja nel lera
Estez n'yvers.
Trop par sont les morsiaus divers
Dont la char menjuent les vers
Et en pert l'ame.
Un salu de la douce Dame,
Por ce qu'ele nous gart de blasme,
Vueil commencier,
Quar en digne lieu et en chier
Doit chascuns metre sanz tencier
Cuer et penssee.
Ave, roïne coronee !
Com de bone eure tu fus nee,
Qui Dieu portas !
Theophilus reconfortas
Quant sa chartre li raportas
Que l'Anemis,
Qui de mal fere est entremis,
Cuida avoir lacié et mis
En sa prison.
Maria, si com nous lison,
Tu li envoias garison
De son malage,
Qui deguerpi Dieu et s'ymage
Et si fist au deable hommage
Par sa folor ;
Et puis li fist, a sa dolor,
Du vermeil sanc de sa color
Tel chartre escrire
Qui devisa tout son martire ;
Et puis aprés li estuet dire
Par estavoir :
« Par cest escrit fet a savoir
Theophilus ot por avoir
Dieu renoié. »

en enfer, où jamais elle ne cessera de brûler
    été comme hiver.
Dangereux sont les aliments
qui mènent le corps à la corruption
    et l'âme à sa perdition.
Je veux commencer
une salutation à la douce Dame,
    pour qu'elle nous préserve de tout blâme,
car en un lieu digne et précieux
chacun doit mettre sans protester
    son cœur et sa pensée.
AVE, reine couronnée !
Comme tu es née sous une bonne étoile,
    toi qui portas Dieu !
Quand tu lui rapportas sa charte
tu réconfortas Théophile
    que l'Ennemi,
tout occupé à mal agir,
croyait avoir garrotté et fait
    prisonnier.
MARIA, ainsi que nous le lisons,
tu le sauvas
    de son mal,
lui qui abandonna Dieu et son image
et au diable fit hommage
    dans sa folie ;
ensuite, le diable lui fit, à sa grande douleur,
de son sang vermeil
    écrire cette charte
qui fut la cause de tout son martyre ;
puis, il lui fallut dire
    sous la contrainte :
« Par cet écrit, Théophile fait savoir
qu'il a, par intérêt,
    renié Dieu. »

Tant l'ot deables desvoié
Que il estoit toz marvoié
Par desperance ;
Et quant li vint en remembrance
De vous, Dame plesant et franche,
Sanz demorer
Devant vous s'en ala orer ;
De cuer commença a plorer
Et larmoier ;
Vous l'en rendistes tel loier,
Quant de cuer l'oïstes proier,
Que vous alastes,
D'enfer sa chartre raportastes,
De l'Anemi le delivrastes
Et de sa route.
Gracia plena estes toute :
Qui ce ne croit il ne voit goute
Et le compere.
Dominus li sauveres Pere
Fist de vous sa fille et sa mere,
Tant vous ama ;
Dame des angles vous clama ;
En vous s'enclost, ainz n'entama
Vo dignité,
N'en perdistes virginité.
Tecum par sa digne pité
Vout toz jors estre
Lasus en la gloire celestre ;
Donez le nous ainsinques estre
Lez son costé.
Benedicta tu qui osté
Nous as del dolereus osté
Qui tant est ors
Qu'il n'est en cest siecle tresors

Le diable lui fit à ce point perdre la raison
qu'il était devenu complètement fou
    de désespoir ;
et quand il se souvint
de vous, agréable et noble Dame,
    sans tarder
devant vous il s'en alla prier ;
du fond du cœur il se mit à se lamenter
    et à pleurer ;
quand vous l'avez entendu prier sincèrement,
vous l'avez récompensé au point
    que vous êtes partie
et avez rapporté sa charte de l'enfer ;
vous l'avez arraché à l'Ennemi
    et à sa troupe.
GRACIA PLENA vous êtes toute :
qui ne le croit ne comprend rien
    et le paie.
DOMINUS le Père Sauveur
fit de vous sa fille et sa mère,
    tant il vous aima ;
reine des Anges il vous proclama ;
en vous il s'enferma, mais ne porta pas atteinte
    à votre dignité,
vous n'en perdîtes pas votre virginité.
TECUM par sa bienveillante miséricorde
    il voulut être toujours
là-haut dans la gloire céleste ;
accordez-nous d'être de même
    à son côté.
BENEDICTA toi qui nous a retirés
de ce lieu de souffrance
    si repoussant
qu'il n'est en ce monde aucun trésor

Qui nous peüst fere restors
De la grant perte
Par quoi Adam fist la deserte.
Prie a ton fil qu'i nous en terde
Et nous esleve
De l'ordure qu'aporta Eve
Quant de la pomme osta la seve,
Par qoi tes fis,
Si com je sui certains et fis,
Souffri mort et fu crucefis
Au vendredi
(C'est veritez que je vous di)
Et au tiers jor, plus n'atendi,
Resuscita.
La Magdelene visita,
De toz ses pechiez la cuita
Et la fist saine.
De paradis es la fontaine,
In mulieribus et plaine
De seignorie.
Fols est qui en toi ne se fie.
Tu hez orgueil et felonie
Seur toute chose ;
Tu es li lis ou Diex repose ;
Tu es rosiers qui porte rose
Blanche et vermeille ;
Tu as en ton saint chief l'oreille
Qui les desconseilliez conseille
Et met a voie ;
Tu as de solaz et de joie
Tant que raconter n'en porroie
La tierce part.
Fols est cil qui pensse autre part
Et plus est fols qui se depart
De vostre acorde,

qui eût pu nous dédommager
de la grande perte,
juste salaire de la faute d'Adam.
Demande à ton fils qu'il nous purifie
et nous fasse sortir
de la souillure qu'apporta Eve
quand elle goûta au jus de la pomme.
Pour cette raison, ton fils,
comme j'en suis sûr et certain,
endura la mort et fut crucifié
le Vendredi Saint
(c'est la vérité que je vous dis),
et, le troisième jour, sans plus attendre,
ressuscita.
Il rendit visite à Marie-Madeleine,
la délivra de tous ses péchés,
et la guérit.
Tu es la source du paradis.
IN MULIERIBUS tu es pleine
de noblesse.
Fou est celui qui ne met en toi sa confiance.
Tu hais l'orgueil et la perfidie
par-dessus toute chose ;
tu es le lis où Dieu repose ;
tu es le rosier qui porte rose
blanche et vermeille ;
tu as dans ta sainte tête la pensée
qui conseille les égarés
et les remet sur le chemin ;
tu détiens le bonheur et la joie
à un point tel que je n'en saurais raconter
le tiers.
Fou est celui qui pense différemment
et plus fou encore celui qui renonce
à l'union avec vous,

Quar honesté, misericorde
Et pacience a vous s'acorde
Et abandone.
Hé ! benoite soit la corone
De Jhesucrist, qui environe
Le vostre chief ;
Et benedictus de rechief
Fructus qui soufri grant meschief
Et grant mesaise
Por nous geter de la fornaise
D'enfer, qui tant par est pusnaise,
Laide et obscure.
Hé ! douce Virge nete et pure,
Toutes fames por ta figure
Doit l'en amer.
Douce te doit l'en bien clamer,
Quar en toi si n'a point d'amer
N'autre durté :
Chacié en as toute obscurté.
Par la grace, par la purté
Ventris tui,
Tuit s'en sont deable fuï ;
N'osent parler, car amuï
Sont leur solas.
Quant tu tenis et acolas
Ton chier filz, tu les afolas
Et maumeïs.
Si com c'est voirs que tu deïs :
« Hé ! biaus Pere qui me feïs,
Je sui t'ancele »,
Toi depri je, Virge pucele,
Prie a ton Fil qu'il nous apele
Au jugement,
Quant il fera si aigrement
Tout le monde communement

car l'honnêteté, la miséricorde
et la patience sont votre apanage
à profusion.
Ah ! bénie soit la couronne
de Jésus-Christ, qui ceint
votre tête ;
ET BENEDICTUS encore une fois
FRUCTUS qui supporta grands maux
et grande tribulation
pour nous arracher à la fournaise
de l'enfer, qui est si puante,
horrible et sinistre.
Ah ! douce Vierge, pure et immaculée,
à cause de toi, toute femme
doit être aimée.
On doit bien te proclamer douce,
car en toi ne se trouve ni amertume
ni autre misère :
tu as chassé toute obscurité.
Par la grâce, par la pureté
VENTRIS TUI,
tous les diables se sont enfuis ;
ils n'osent parler, car la joie
les a désertés.
Quand tu tenais et embrassais
ton cher fils, tu les blessais
et les malmenais.
Comme c'est la vérité que tu as dite :
« Père de bonté qui m'as créée,
je suis ta servante »,
toi que j'invoque, ô Vierge,
demande à ton Fils qu'il nous invite à venir
le jour du Jugement,
quand devant lui, avec violence,
tout le monde sans exception

Trambler com fueille,
Qu'a sa partie nous acueille !
Disons *Amen*, qu'ainsi le vueille !

*Explicit l'*Ave Maria *Rustebuef*.

tremblera comme une feuille,
et qu'il nous reçoive dans sa demeure !
Disons AMEN, qu'il le veuille ainsi !

Fin de *L'*Ave Maria *de Rutebeuf.*

C'EST DE NOTRE DAME

I

Chanson m'estuet chanteir de la meilleur
Qui onques fust ne qui jamais sera ;
Li siens douz chanz garit toute doleur :
Bien iert gariz cui ele garira.
    Mainte arme a garie ;
    Huimais ne dot mie
    Que n'aie boen jour,
    Car sa grant dosour
    N'est nuns qui vous die.

II

Mout a en li cortoizie et valour ;
Bien et bontei et charitei i a.
Con folz li cri merci de ma folour :
Foloié ai, s'onques nuns foloia.
    Si pleur ma folie
    Et ma fole vie ;
    Et mon fol senz plour

LA CHANSON DE NOTRE-DAME

I

Il me faut célébrer par un chant la dame la meilleure
qui jamais exista et existera jamais ;
son doux chant préserve de tout chagrin :
il sera bien protégé celui qu'elle protégera.
Elle a protégé des âmes en grand nombre ;
maintenant je ne doute absolument pas
que je n'aie du bonheur,
car il n'est personne qui puisse vous parler
de sa grande douceur.

II

Elle a beaucoup de noblesse et de valeur ;
le bien, la bonté et la charité se trouvent en elle.
Bien que fou, je lui crie pitié pour ma folie :
j'ai fait des folies, si jamais quelqu'un en fit.
Je pleure ma folie
et ma frivole vie ;
je pleure ma folle intelligence

Et ma fole errour
18 Ou trop m'entroblie.

III

Quant son doulz non reclainment picheour
Et il dient son *Ave Maria,*
N'ont puis doute dou Maufei tricheour
22 Qui mout doute le bien qu'en Marie a,
Car qui se marie
En teile Marie,
Boen mariage a :
Marions nos la,
27 Si avrons s'aïe.

IV

Mout l'ama cil qui, de si haute tour
Com li ciel sunt, descendi juque ça.
Mere et fille porta son creatour
31 Qui de noiant li et autres cria.
Qi de cuer s'escrie
Et merci li crie
Merci trovera :
Jamais n'i faudra
36 Qui de cuer la prie.

V

Si com hom voit le soloil toute jor
Qu'en la verriere entre et ist et s'en va,
Ne l'enpire tant i fiere a sejour,
40 Ausi vos di que onques n'empira
La Vierge Marie :

et ma folle conduite
où je m'égare trop.

III

Quand les pécheurs invoquent son doux nom
et lui récitent son *Ave Maria,*
ils n'ont ensuite plus peur du démon trompeur
qui redoute le bien qui se trouve en Marie,
car celui qui s'unit
à cette Marie
fait une union merveilleuse :
unissons-nous à elle,
et nous aurons son aide.

IV

Il l'aima beaucoup, Celui qui, de cette haute tour
des cieux, descendit jusqu'ici.
Mère et fille, elle porta son Créateur
qui de rien la créa, elle et les autres.
Celui qui du fond du cœur
implore sa pitié
trouvera miséricorde :
jamais ne sera déçu
celui qui la prie avec sincérité.

V

Comme l'on voit le soleil qui, tout le jour,
pénètre le vitrail, en sort et s'en retire,
sans le détériorer, quelle que soit sa force,
de la même façon je vous dis que jamais il ne fut porté [atteinte
à la Vierge Marie :

Vierge fu norrie,
Vierge Dieu porta,
Vierge l'aleta,
Vierge fu sa vie.

Explicit.

vierge elle grandit,
vierge elle porta Dieu,
vierge elle le nourrit de son lait,
vierge elle fut toute sa vie.

Fin.

LES NEUF JOIES NOSTRE DAME

I

Roïne de pité, Marie,
En qui deïtez pure et clere
A mortalité se marie,
Tu es et virge et fille et mere :
Virge enfantas le fruit de vie,
Fille ton fil, mere ton pere ;
Moult as de nons en prophecie,
Si n'i a non qui n'ait mistere.

II

Tu es suer, espouse et amie
Au roi qui toz jors fu et ere ;
Tu es virge seche et florie,
Douz remedes de mort amere ;
Tu es Ester qui s'umelie,
Tu es Judit qui biau se pere :
Asmon en pert sa seignorie
Et Holofernes le compere.

III

Tu es et ciel et terre et onde
Par diverse senefiance :

LES NEUF JOIES DE NOTRE-DAME

I

O Marie, reine de miséricorde,
en qui la divinité dans sa pureté et sa clarté
s'unit à ce qui est mortel,
tu es vierge, fille et mère :
vierge tu enfantas le fruit de la vie,
fille de ton Fils, mère de ton Père ;
tu as beaucoup de noms dans les prophéties,
il n'y a pas de nom qui n'ait de sens caché.

II

Tu es la sœur, l'épouse et l'amie
du Roi qui toujours fut et sera ;
tu es la vierge stérile et en fleur,
doux remède à la mort amère ;
tu es Esther qui s'humilie,
tu es Judith qui se pare de ses beaux habits :
Aman en perd sa dignité
et Holopherne est châtié.

III

Tu es le ciel, la terre et l'onde
sous différents aspects :

Ciel qui done lumiere au monde,
Terre qui done soustenance,
Onde qui les ordures monde.
Tu es port de nostre esperance,
Matire de nostre faconde,
Argument de nostre creance.

IV

De toi, pucele pure et monde,
Porte close, arche d'aliance,
Qui n'es premiere ne seconde,
Daigna nestre par sa poissance
Cil qui noz anemis vergonde,
Li jaianz de double sustance.
Il fu la pierre et tu la fonde
Qui de Goulias prist venjance.

V

Dame de sens enluminee,
Tu as le trahitor trahi,
Tu as souz tes plantes triblee
La teste du serpent haï.
Tu es comme eschiele ordenee
Qui le pooir as envaï
De la beste desfiguree
Par qui li mondes deschaï.

VI

Tu es Rachel la desirree,
Tu es la droite Sarraÿ,
Tu es la toison arousee,
Tu es le buisson Synaÿ ;

le ciel qui donne la lumière au monde,
la terre qui donne la subsistance,
l'onde qui purifie ce qui est souillé.
Tu es le port de notre espérance,
le sujet de notre éloquence,
la raison de notre foi.

IV

De toi, vierge pure et immaculée,
porte close, arche d'alliance,
toi qui n'es ni première ni seconde,
Celui qui couvre de honte nos ennemis,
le géant à la double nature,
daigna naître par sa puissance.
Il fut la pierre et toi la fronde
qui se vengea de Goliath.

V

Dame éclatante de sagesse,
tu as trahi le traître,
tu as broyé sous tes pieds
la tête du serpent maudit.
Tu es comme l'armée rangée en bataille
qui a combattu le pouvoir
de la bête déguisée
par qui le monde est tombé.

VI

Tu es Rachel la désirée,
tu es Sara la juste,
tu es la toison couverte de rosée,
tu es le buisson du Sinaï ;

Du saint Espir fus ençaintee,
En toi vint il et ombra y
Tant que tu fus chambre clamee
Au roi de gloire Adonaÿ.

VII

De toi, sanz ta char entamer,
Nasqui li ber de haut parage
Por le mal serpent afrener
Qui nous tenoit en son servage,
Qui venoit les ames tempter
Et n'en voloit prendre nul gage
Por les chetives afamer
En sa chartre obscure et ombrage.

VIII

Dame, toi doit l'en reclamer
En tempeste et en grant orage :
Tu es estoile de la mer,
Tu es ancre, nef et rivage.
Toi doit l'en servir et amer :
Tu es fleur de l'umain lingnage,
Tu es le coulon sanz amer
Qui porte aus chetis lor message.

IX

Seule, sanz per, a cui s'acline
Li noblois de haut concitoire,
Bien se tient a ferme racine
Jamés ne charra ta memoire.
Tu es fin de nostre ruïne,
Que mort estions, c'est la voire,

tu fus enceinte par la puissance du Saint Esprit,
en toi il vint s'incarner,
si bien que tu fus appelée la chambre
d'Adonaï, le roi de gloire.

VII

De toi, sans endommager ta chair,
naquit le Seigneur de haute naissance
pour soumettre le serpent trompeur
qui nous tenait en servitude,
venait tenter les âmes,
et ne voulait à aucun prix renoncer
à affamer les captives
en sa prison sinistre et sombre.

VIII

Dame, c'est toi que l'on doit invoquer
dans la tempête et dans l'ouragan :
tu es l'étoile de la mer,
tu es l'ancre, le navire et le rivage.
C'est toi que l'on doit servir et aimer :
tu es la fleur du genre humain,
tu es la colombe sans tache
qui porte aux captifs leur message.

IX

En toi seule, sans égale, devant qui s'incline
la noblesse de haut rang,
le bien s'est fermement enraciné ;
jamais ton souvenir ne périra.
Tu es la fin de notre ruine,
car nous étions morts, c'est la vérité,

Solaus qui le monde enlumine
Lune sanz luor transsitoire.

X

Tu es sale, chambre et cortine,
Lis et trones au roi de gloire,
Trones de jame pure et fine,
D'or esmeré, de blanc yvoire,
Recouvriers de nostre sesine,
Meson de pais, tor d'ajuctoire,
Olive, aiglentier, flor d'espine,
Cyprés et palme de victoire.

XI

Tu es la verge de fumee
D'aromat remis en ardure
Qui par le desert es montee
Ou ciel seur tout creature,
Vigne de noble fruit comblee
Sanz humaine cultiveüre,
Violete non violee,
Cortiex toz açains d'aclosture.

XII

A saint Jehan fu demoustree
L'escilence de ta figure
De set estoiles aornee,
Li solaus est ta couverture,
La lune souz tes piez triblee,
Ce nous senefie a droiture
Que seur toz eres eslevee
Et seur feture et seur nature.

le soleil qui illumine le monde,
la lune dont la clarté ne varie pas.

X

Tu es la salle, la chambre, la tenture,
le lis et le trône du roi de gloire,
trône de pierre précieuse pure et délicate,
d'or pur, d'ivoire blanc,
celle par qui nous avons recouvré notre bien,
maison de paix, tour de secours,
olivier, églantier, fleur d'aubépine,
cyprès et palme de victoire.

XI

Tu es la colonne de fumée
d'aromate évanoui dans la chaleur
qui est montée du désert
dans le ciel au-dessus de toute créature,
vigne chargée d'un fruit magnifique
sans que l'homme l'ait cultivée,
violette non violée,
petit jardin bien clos.

XII

A saint Jean fut montrée
l'incomparable splendeur de ton visage
orné de sept étoiles ;
le soleil est ton vêtement,
la lune est sous tes pieds.
Cela signifie justement pour nous
que tu as été élevée au-dessus de tous,
au-dessus des créatures et au-dessus de la nature.

XIII

Tu es chastiaus, roche hautaine
Qui ne criens ost ne sorvenue ;
Tu es le puis et la fontaine
Dont nostre vie est soustenue,
Le firmament de cui alaine
Verdure en terre est espandue,
Aube qui le jor nous amaine,
Turtre qui ses amors ne mue.

XIV

Tu es roïne souveraine
De diverse color vestue ;
Tu es l'estoile premeraine,
Le meillor, la plus chier tenue,
En qui la Deïté souvraine
Por nous sauver a recondue
Sa lumiere et son rai demaine
Si com li solaus en la nue.

XV

Citez close a tors masseïces,
Li maus qui toz maus acravente,
Qui receüz est en tes lices
Poi li est s'il pluet ou il vente.
Tu es la raençon des vices,
Li repos aprés la tormente,
Li purgatoires des malices,
Li confors de l'ame dolente.

XIII

Tu es le château, le rocher élevé
toi qui ne crains combat ni attaque ;
tu es le puits et la fontaine
dont notre vie tout entière dépend,
le souffle des cieux par qui
la verdure est répandue sur la terre,
l'aube qui nous amène le jour,
la tourterelle aux amours fidèles.

XIV

Tu es reine souveraine
aux vêtements de couleurs variées ;
tu es l'étoile suzeraine,
la meilleure, la préférée,
en qui la Divinité souveraine,
pour nous sauver, a caché
sa lumière et sa clarté particulière,
comme le soleil dans le nuage.

XV

Cité fermée aux tours massives,
le maillet qui écrase les maux,
pour qui est reçu en ton enceinte
peu lui chaut qu'il pleuve ou qu'il vente.
Tu es la rançon des vices,
le calme qui suit l'orage,
la purification des mauvais penchants,
le réconfort de l'âme souffrante.

XVI

Tu as des vertuz les primices :
C'est ton droit, c'est ta propre rente ;
Tu es li aygle et li fenices
Qui de son bec reprent jovente.
Larris de flors, celle d'espices,
Basme, canele, encens et mente,
Nostre paradis de delices,
Nostre esperance, nostre atente.

XVII

Dame de la haute cité,
A cui tuit portent reverence,
Tuit estions desherité
Par une general sentence ;
Tu en as le monde aquité,
Tu es saluz de nostre essence,
Balais de nostre vanité,
Tribles de nostre conscience.

XVIII

Temples de sainte Trinité,
Terre empraingnie sanz semence,
Et lumiere de vérité
Et aumaire de sapience
Et ysopes d'umilité
Et li cedres de providence
Et li lis de virginité
Et la rose de pacience.

XVI

Tu possèdes toutes les qualités au plus haut degré :
c'est ton droit, c'est ton revenu propre ;
tu es l'aigle et le phénix
qui de son bec édifie le bûcher de son rajeunissement.
Champ de fleurs, cellier d'épices,
de baume, de cannelle, d'encens et de menthe,
notre paradis de délices,
notre espérance, notre attente.

XVII

Dame de la cité glorieuse,
que tout le monde révère,
tous, nous étions déshérités
par une condamnation générale ;
tu en as libéré le monde,
tu es le salut de notre âme,
le balai de notre vanité,
la herse de notre conscience.

XVIII

Tu es le temple de la Sainte Trinité,
la terre fécondée sans semence,
la lumière de la vérité,
le coffre de la sagesse,
l'hysope de l'humilité,
le cèdre de la prudence,
le lis de la virginité,
et la rose de la patience.

XIX

Maudite fu fame et blasmee
Qui n'ot fruit ancienement ;
Més ainz ne fus espoentee,
Ainz vouas a Dieu qui ne ment
Que ta virginitez gardee
Li seroit pardurablement.
Ce fu la premiere vouee,
Moult te vint de grant hardement.

XX

Tantost te fu grace donee
De garder ton veu purement ;
Ton cuer, ton cors et ta penssee
Saisi Diex en soi proprement.
En ce que tu fus saluee
Vout il moustrer apertement
Tu es Eva la bestornee
Et de voiz et d'entendement.

XXI

Ne porroie en nule maniere
De tes biens, combien qu'i penssaisse,
Tant dire que plus n'i afiere,
Se toute ma vie i usaisse ;
Més de tes joies, Dame chiere,
Ne leroie que ne contaisse.
Li saluz, ce fu la premiere ;
Dame, lors t'apelas baiasse.

XIX

Jadis, maudite et blâmée était la femme
qui n'avait pas d'enfant ;
jamais tu ne fus épouvantée,
mais, par un vœu, tu promis à Dieu qui ne ment pas
que ta virginité Lui serait
à jamais consacrée.
Ce fut le premier vœu ;
cette grande audace te valut beaucoup de biens.

XX

Aussitôt te fut accordée la grâce
de garder ton vœu en toute pureté ;
Dieu prit en sa possession
ton cœur, ton corps et ta pensée.
Par la salutation dont tu fus l'objet,
Il a voulu montrer ouvertement
que tu es tout le contraire d'Ève
par la parole et par l'intelligence.

XXI

Je ne pourrais, en aucune façon,
quels que soient mes efforts,
en dire assez pour qu'il n'y ait plus rien à ajouter,
dussé-je y passer toute ma vie.
Mais de tes joies, Dame bien-aimée,
je ne laisserai pas de parler.
La salutation, ce fut la première ;
Dame, à ce moment-là, tu te nommas servante.

XXII

Ne fus orguilleuse ne fiere,
Ainz t'umelias tout a masse ;
Por ce vint la haute lumiere
En toi qu'ele te vit si basse.
Lors fus ausi com la verriere
Par ou li rais du soleil passe :
El n'est par por ce mains entiere,
Qu'il ne la brise ne ne quasse.

XXIII

Droiz est que tes loenges oies
Quant tu ton chier fil conceüs ;
La seconde fu de tes joies
Quant par Elysabeth seüs
Que le fil Dieu enfanteroies ;
La tierce quant enfant eüs :
Sanz pechié conceü l'avoies
Et sanz dolor de lui geüs.

XXIV

A la quarte te merveilloies
Quant tu veïs et tu seüs
Que li troi roi si longes voies
Li vindrent offrir les treüs.
Au temple, quant ton fil offroies,
La quinte joie receüs
Quant par saint Symeon savoies
Que ton filz ert *homo Deus*.

XXII

Tu ne fus ni orgueilleuse ni fière,
mais tu t'humilias profondément ;
c'est pourquoi la lumière céleste
vint en toi parce qu'elle te vit si humble.
A ce moment-là tu fus comme le vitrail
à travers lequel pénètre la clarté du soleil :
il ne subit aucune altération pour cela,
car il ne l'endommage ni ne le casse.

XXIII

Il était juste que tu entendes tes louanges
quand tu conçus ton Fils bien-aimé ;
la seconde de tes joies, ce fut
quand, par Elisabeth, tu appris
que tu enfanterais le Fils de Dieu ;
la troisième, quand tu as eu ton enfant :
tu l'avais conçu sans péché,
et sans douleur tu accouchas de lui.

XXIV

A la quatrième, tu t'émerveillas
quand tu vis et appris
que les trois rois, après une si longue route,
venaient lui offrir leurs tributs.
Au temple, quand tu présentas ton Fils,
tu reçus la cinquième joie
en apprenant par saint Siméon
que ton Fils était *homo Deus*.

XXV

La siste puis quant fus assise
O l'aingnel, par compassion,
Qui por nous avoit s'ame mise,
Quant revesqui comme lyon
Et tu o lui en autel guise ;
La septime l'Acenssion
[Quant la chars qu'il ot en toi prise
Fit el trone devision.]

XXVI

L'uitisme par autel devise
Quant par ta sainte anoncion
Du saint esperit fus esprise,
La nuevime t'Asumpcion,
Quant en ame et en cors assise
Fus seur toute creacion.
Dame cui toz li siecles prise,
Par ces neuf joies te prion
Humblement par ta grant franchise
Que nous aions remission.

Amen.

Expliciunt les .IX. joies Nostre Dame.

XXV

La sixième, quand, avec compassion,
tu te fus assise à côté de l'Agneau
qui pour nous avait donné sa vie,
après qu'Il ressuscita comme un lion
et toi avec Lui de la même manière ;
la septième, ce fut l'ascension,
quand la chair qu'Il avait prise en toi
s'assit sur le trône de gloire.

XXVI

La huitième, de la même façon,
quand, par ta sainte annonciation,
tu fus saisie par le Saint Esprit.
La neuvième, ce fut ton assomption,
lorsque, corps et âme, tu fus placée
au-dessus de toute la création.
Dame que le monde estime,
par ces neuf joies et par ta grande générosité,
nous te supplions humblement
d'obtenir le pardon.
Amen.

Fin des *Neuf Joies de Notre-Dame*.

Poèmes de la croisade

LA COMPLAINTE DE CONSTANTINOBLE

I

Souspirant por l'umain lingnage
Et penssis au cruel domage
Qui de jor en jor i avient,
Vous vueil descouvrir mon corage,
Que ne sai autre laborage :
Du plus parfont du cuer me vient.
Je sai bien, et bien m'en sovient,
Que tout a avenir covient
Quanc'ont dit li prophete sage :
Or porroit estre, se devient,
Que la foi qui foible devient
Porroit changier nostre langage.

II

Nous en sons bien entré en voie,
N'i a si fol qui ne le voie,
Quant Constantinoble est perdue
Et la Moree se ravoie
A recevoir tele escorfroie
Dont sainte Yglise est esperdue ;
Qu'el cors a petit d'atendue

LA COMPLAINTE DE CONSTANTINOPLE

I

Gémissant sur la race humaine et pensant au cruel préjudice qu'elle subit jour après jour, je veux vous découvrir mes sentiments, car c'est mon seul talent : ils me viennent du plus profond du cœur. Je sais bien, je me souviens bien que tout doit s'accomplir comme l'ont dit les sages prophètes ; or il pourrait bien arriver — qui sait ? — que le déclin de la foi changeât notre langage.

II

Nous voilà déjà entrés dans cette voie, personne n'est assez aveugle pour ne pas le voir : Constantinople est perdue et la Morée se prépare à recevoir un coup si rude que notre sainte mère l'Eglise en est ébranlée, car il reste

Quant il a la teste fendue.
Je ne sai que plus vous diroie :
Se Jhesucriz ne fet aïue
A la Sainte Terre absolue,
Bien li ert esloingnie joie.

III

D'autre part vienent li Tartaire
Que l'en fera més a tart taire,
C'on n'avoit cure d'aler querre.
Diex gart Jasphes, Acre, Cesaire !
Autre secors ne lor puis faire,
Que je ne sui més hom de guerre.
Ha ! Antioche, sainte terre,
Qui tant coustastes a conquerre
Ainz c'on vous peüst a nous traire !
Qui des ciex cuide ouvrir la serre
Comment puet tel dolor soufferre ?
S'il a Dieu, c'ert dont par contraire.

IV

Isle de Cret, Corse et Sezile,
Chypre, douce terre et douce isle
Ou tuit avoient recouvrance,
Quant vous serez en autrui pile,
Li rois tendra deça concile
Comment Aiouls s'en vint en France,
Et fera nueve remanance
A cels qui font nueve creance,
Novel Dieu et nueve Evangile,
Et lera semer, par doutance,
Ypocrisie sa semance,
Qui est dame de ceste vile.

peu d'espoir pour le corps quand la tête est fendue. Je ne sais qu'ajouter : si Jésus-Christ ne vient en aide à la très Sainte Terre, elle n'est pas près de connaître la joie.

III

D'un autre côté arrivent les Tartares que l'on réduira trop tard au silence, et qu'on ne se souciait pas d'aller chercher. Que Dieu garde Jaffa, Acre et Césarée ! Je ne puis leur apporter d'autre secours, étant fort peu homme de guerre. Ah ! Antioche, sainte terre, dont la conquête a coûté si cher avant que l'on ait pu vous prendre ! Celui qui prétend détenir la clef des cieux, comment peut-il supporter un tel malheur ? Si l'on va au ciel, ce sera le monde renversé.

IV

Ile de Crète, Corse et Sicile, Chypre, douce terre et douce île où chacun trouvait du secours, quand vous serez sous la domination étrangère, le roi tiendra, de ce côté-ci de la mer, une assemblée pour savoir comment Aioul finit par venir en France, et il créera de nouveaux établissements pour ceux qui créent une nouvelle croyance, un nouveau Dieu et un nouvel Evangile, et par lâcheté il laissera Hypocrisie répandre sa semence, Hypocrisie qui est déjà maîtresse de notre Paris.

V

Se li denier que l'en a mis
En cels qu'a Dieu se font amis
Fussent mis en la Terre Sainte,
Ele en eüst mains d'anemis,
Et mains tost s'en fust entremis
Cil qui l'a ja brisie et frainte.
Més trop a tart en faz la plainte,
Qu'ele est ja si forment empainte
Que ses pooirs n'est més demis.
De legier sera més atainte,
Quant sa lumière est ja estainte
Et sa cire devient remis.

VI

De la Terre Dieu qui empire,
Sire Diex, que porront or dire
Li rois et li quens de Poitiers ?
Diex resueffre novel martire ;
Or facent large cimetire
Cil d'Acre, qu'il lor est mestiers.
Toz est plains d'erbe li sentiers
C'on soloit batre volentiers
Por offrir l'ame en lieu de cire ;
Et Diex n'a més nus cuers entiers,
Ne la Terre n'a nus rentiers,
Ainçois se torne a desconfire.

VII

Jherusalem, ahi ! ahi !
Com t'a blecié et esbahi

V

Si les subsides que l'on a accordés à ceux qui se présentent comme les amis de Dieu avaient été accordés à la Terre sainte, elle aurait eu moins d'ennemis, et moins vite s'en serait occupé celui qui l'a déjà brisée et abattue. Mais il est trop tard pour plaindre son sort, car elle a déjà reçu des coups si rudes qu'elle a perdu plus de la moitié de sa puissance. Il sera désormais facile de l'atteindre, puisque déjà sa lumière est éteinte et son cierge fondu.

VI

De la terre de Dieu qui va de mal en pis, Seigneur Dieu, que pourront dire maintenant le roi et le comte de Poitiers ? Dieu est de nouveau mis en croix. Que maintenant les gens d'Acre aménagent un grand cimetière, car ils en auront besoin. Voici qu'est tout rempli d'herbe le chemin que l'on suivait avec tant de joie pour offrir son âme plutôt qu'un cierge ; et Dieu n'a plus, pour le servir, aucun cœur loyal, et la Terre sainte n'a plus personne pour lui payer une redevance ; aussi court-elle à sa perte.

VII

Jérusalem, hélas ! hélas ! comme t'a mise à mal et troublée la Vaine Gloire qui suscite tous les maux ! Ceux

Vaine Gloire, qui toz maus brasse !
Et cil qui seront envaï
Si charront la ou cil chaï
Qui par orgueil perdi sa grace.
Or du fuïr ! la mort les chace,
Qui lor fera de pié eschace.
Tart crieront : « Trahi ! Trahi ! »,
Qu'ele a ja entesé sa mache,
Ne jusqu'au ferir ne manace :
Lors harra Diex qui le haï.

VIII

Or est en tribulacion
La terre de promission,
A pou de gent toute esbahie.
Sire Diex, por qoi l'oublion,
Quant por nostre redempcion
I fu la char de Dieu trahie ?
L'en lor envoia en aïe,
Une gent despite et haïe,
Et ce fu lor destruction.
Du roi durent avoir lor vie ;
Li rois ne l'a pas assouvie :
Or guerroient sa nascion.

IX

L'en sermona por la croiz prendre,
Que l'en cuida paradis vendre
Et livrer de par l'apostole.
L'en pot bien le sermon entendre,
Més a la croiz ne vout nus tendre
La main por piteuse parole.
Or nous desfent on la carole,

qu'elle attaquera tomberont là où tomba celui qui, par orgueil, perdit la grâce divine. Fuyez ! La mort les poursuit, qui leur brisera les jambes. Trop tard ils crieront : « Trahison ! Trahison ! », car elle a déjà brandi sa massue, frappant sans avertir : Dieu alors rendra haine pour haine.

VIII

Voici qu'est en proie aux tribulations la terre promise accablée par une poignée de gens. Seigneur Dieu, pourquoi l'oublions-nous, alors que, pour nous racheter, Dieu fait homme y fut trahi ? A leur secours, on envoya des hommes déshonorés et méprisables : ce fut leur perte. Ils auraient dû tenir du roi leur vie, le roi n'a pas assuré leur existence : or voici que ces gens guerroient contre son peuple.

IX

On prêcha la croisade car on crut vendre et livrer le paradis au nom du pape. On écouta certes les prêches, mais personne ne voulut tendre la main vers la croix, malgré ces pieuses paroles. On nous interdit maintenant de danser, car

Que c'est ce qui la terre afole,
Ce nous vuelent li Frere aprendre ;
Més Faussetez qui partout vole,
Qui crestiens tient a escole,
Fera la Sainte Terre rendre.

X

Que sont les deniers devenuz
Qu'entre Jacobins et Menuz
Ont receüz de testament
De bougres por loiaus tenuz
Et d'useriers viex et chenuz
Qui se muerent soudainement,
Et de clers aussi fetement,
Dont il ont grant aünement
Dont li ost Dieu fust maintenuz ?
Més il le font tout autrement,
Qu'il en font lor grant fondement,
Et Diex remaint la outre nuz.

XI

De Gresse vint Chevalerie
Premierement d'ancesserie,
Si vint en France et en Bretaingne ;
Grant piece i a esté chierie.
Or est a mesnie escherie,
Que nus n'est tels qui la retiengne :
Mort sont Ogier et Charlemaine ;
Or s'en voist, que plus n'i remaingne !
Loiautez est morte et perie :
C'estoit sa monjoie et s'ensaingne,
C'estoit sa dame et sa compaingne
Et sa mestre herbregerie.

c'est ce qui perd la Terre sainte ; telle est la vérité que les Frères mendiants veulent nous enseigner ; mais Fausseté, elle, qui partout vole et tient la chrétienté sous sa férule, livrera la Terre sainte.

X

Que sont devenus les subsides que les jacobins et les mineurs ont reçus, par testament, d'hérétiques, tenus en échange pour orthodoxes, et de vieux usuriers aux cheveux blancs qui meurent brutalement, et de clercs tout aussi bien — cette grande masse de deniers dont on aurait pu entretenir l'armée de Dieu ? Mais ils en usent tout autrement et s'en servent pour créer de nombreuses abbayes, tandis qu'outre-mer Dieu est dans le dénuement.

XI

C'est de Grèce qu'il y a longtemps vint d'abord Chevalerie, qui ensuite vint en France et en Bretagne, où elle a été en honneur pendant des lustres. Maintenant, sa maison est clairsemée, car personne n'a le courage d'être des siens : Ogier et Charlemagne sont morts ; qu'elle s'en aille, qu'elle ne reste pas davantage ici ! Loyauté est morte, tuée : c'était son oriflamme et son enseigne, c'était sa dame et sa compagne, et sa principale demeure.

XII

[Coument amera sainte Esglize
Qui ceux n'ainme par c'on la prize ?
Je ne voi pas en queil meniere.
Li rois ne fait droit ne justize
A chevaliers, ainz les desprize
(Et ce sunt cil par qu'ele est chiere),
Fors tant qu'en prison fort et fiere
Met l'un avant et l'autre ariere,
Ja tant n'iert hauz hom a devise.
En leu de Nainmon de Baviere
Tient li rois une gent doubliere
Vestuz de robe blanche et grise.]

XIII

Tant faz je bien savoir le roi,
S'en France sorsist un desroi,
Terre ne fu si orfeline ;
Que les armes et le conroi
Et le conseil et tout l'erroi
Lessast on sor la gent beguine.
Lors si veïst l'en biau couvine
De cels qui France ont en sesine,
Ou il n'a mesure ne roi !
Sel savoient gent tartarine,
Ja por paor de la marine
Ne lesseroient cest enroi.

XIV

Li rois, qui païens asseüre,
Pensse bien ceste encloeüre :

XII

Comment aimer notre sainte mère l'Eglise, si l'on n'aime pas ceux qui ont fait sa gloire ? Je ne vois pas de quelle manière. Le roi n'est ni juste ni équitable envers ses chevaliers, lui qui les méprise (alors qu'ils font aimer notre sainte mère l'Eglise) jusqu'à les réduire l'un après l'autre à une captivité dure et cruelle, si grands qu'ils soient. A la place de Naime de Bavière, le roi entretient des hommes masqués, vêtus de robes blanches et grises.

XIII

Aussi je tiens à faire savoir au roi ceci : s'il éclatait en France des troubles, jamais pays ne fut si démuni que le serait la France, car, pour les armes, l'équipement militaire, la stratégie et la conduite des opérations, on s'en remettrait au peuple des couvents. Alors l'on pourrait voir le comportement héroïque de ceux qui se sont emparés de la France où il n'y a plus mesure ni règle. Si les Tartares le savaient, la peur d'une traversée ne les détournerait pas d'une expédition contre notre pays.

XIV

Le roi est préoccupé de cette épine, ce qui donne audace aux païens ; c'est pourquoi il tient si courtes les rênes. Tel

Por ce tient il si prés son regne.
Tels a alé simple aleüre
Qui tost li iroit l'ambleüre
Sor le destrier a lasche resne.
Corte folie est plus saine
Que longue, de fol conseil plaine ;
Or se tiengne en sa teneüre :
S'outremer n'eüst fet estraine
De lui, miex en vausist le raisne,
S'en fust la Terre plus seüre.

XV

Mesire Giefroi de Surgines,
Je ne voi més deça nus signes
Que l'en des or més vous sequeure.
Li cheval ont mal es eschines
Et li riche homme en lor poitrines.
Que fet Diex qui nes paraqueure ?
Encore vendra tout a tens l'eure
Que li maufé noir comme meure
Les tendront en lor desciplines ;
Cels apeleront « Chantepleure »,
Et sanz sejor lor corront seure
Qui lor liront longues matines.

Explicit la complainte
de Constantinoble.

chevauche au pas qui bientôt irait l'amble si l'on relâchait les rênes de son destrier. Un aveuglement passager est préférable à une folie invétérée, source d'une multitude de folles décisions. Qu'il reste donc dans ses terres : s'il n'avait pas fait don de sa personne outre-mer, le royaume s'en porterait mieux, et la Terre sainte jouirait de plus de sécurité.

XV

Monseigneur Geoffroi de Sergines, je ne vois de ce côté-ci aucun signe que l'on vous porte désormais secours. Les chevaux souffrent de l'échine, les puissants du cœur. Que fait Dieu qui ne les extermine pas ? L'heure finira par venir où les démons, noirs comme mûres, les tiendront sous leur fouet, et les appelleront « Chantepleure », et sans cesse les harcèleront pour leur infliger de longues épreuves.

Fin de *La Complainte de Constantinople*.

CI ENCOUMENCE
LA CHANSONS DE PUILLE

I

Qu'a l'arme vuet doner santei
Oie de Puille l'errement !
Diex a son regne abandonei :
Li sien le nos vont presentant
Qui de la Terre ont sarmonei.
Quanque nos avons meserrei
Nos iert par la croix pardonei :
Ne refusons pas teil present.

II

Jone gent, qu'aveiz enpencei ?
De quoi vos iroiz vos vantant
Quant vos sereiz en viel aei ?
Qu'ireiz vos a Dieu reprouvant
De ce que il vos a donei
Cuer et force et vie et santei ?
Vos li aveiz le cuer ostei :
C'est ce qu'il vuet, tant seulement.

III

Au siecle ne sons que prestei
Por veoir nostre efforcement ;

LA CHANSON DE POUILLE

I

Si l'on veut faire le salut de son âme, que l'on écoute dans quelle situation se trouve la Pouille ! Dieu a fait don de son royaume, et ses serviteurs ne cessent de nous l'offrir en prêchant pour la Terre sainte. Toutes nos fautes nous seront pardonnées au nom de la croix : ne refusons pas un tel présent.

II

Jeunes gens, à quoi pensez-vous ? De quoi pourrez-vous vous vanter lorsque vous serez vieux ? Que pourrez-vous reprocher à Dieu, puisqu'il vous a donné le courage, la force, la vie et la santé ? C'est vous qui lui avez refusé votre cœur, la seule chose qu'il réclame.

III

Nous ne sommes que prêtés à ce monde, afin que l'on puisse juger de nos efforts. Nous ne sommes sûrs ni de

Nos n'avons yver ne estei
Dont aions asseürement ;
S'i avons jai grant piece estei,
Et qu'i avons *nos* conquestei
Dont l'arme ait nule seürtei ?
Je n'i voi fors desperement.

IV

Or ne soions desesperei,
Crions merci hardiement,
Car Dieux est plains de charitei
Et piteuz jusqu'au Jugement.
Mais lors avra il tost contei
Un conte plain de grant durtei :
« Veneiz, li boen, a ma citei !
Aleiz, li mal, a dampnement ! »

V

Lors seront li fauz cuer dampnei
Qui en cest siecle font semblant
Qu'il soient plain d'umilitei
Et si boen qu'il n'i faut noiant,
Et il sont plain d'iniquitei ;
Mais le siecle ont si enchantei
C'om n'oze dire veritei
Ce c'on i voit apertement.

VI

Clerc et prelat qui aünei
Ont l'avoir et l'or et l'argent
L'ont il de lor loiaul chatei ?
Lor peres en ot il avant ?

l'hiver ni de l'été. Or nous avons déjà longtemps vécu, et qu'y avons-nous gagné qui apporte à l'âme quelque garantie ? Rien d'autre, à mon sens, que des raisons de désespérer.

IV

Mais il ne faut pas se désespérer. Crions grâce sans crainte, car Dieu est plein d'amour et de pitié jusqu'au jour du Jugement. Mais alors il aura vite fait de prononcer des paroles impitoyables : « Venez, les bons, dans ma cité ! Allez, les mauvais, à la damnation ! »

V

Alors seront damnés les cœurs qui, tout en manifestant sur cette terre une humilité et une bonté parfaites, sont pleins d'iniquité. Mais ils ont tant ensorcelé le monde que l'on n'ose appeler vérité ce qui saute aux yeux.

VI

Clercs et prélats ont entassé biens, or et argent ; mais est-ce une possession légitime ? Leurs pères avaient-ils ces biens avant eux ? Une fois qu'ils sont morts, entre les biens qu'ils

Et lors que il sont trespassei,
L'avoir que il ont amassei
Et li ombres d'un viez fossei,
Ces deus chozes ont un semblant.

VII

Vasseur qui estes a l'ostei,
Et vos, li bacheleir errant,
N'aiez pas tant le siecle amei,
Ne soiez pas si nonsachant
Que vos perdeiz la grant clartei
Des cielz, qui est sans oscurtei.
Or varra hon vostre bontei :
Preneiz la croix, Diex vos atant !

VIII

Cuens de Blois, bien aveiz errei
Par desai au tornoiement.
Dieux vos a le pooir prestei,
Ne saveiz combien longuement.
Montreiz li se l'en saveiz grei,
Car trop est plainz de nicetei
Qui por un pou de vanitei
Lairat la joie qui ne ment.

Explicit.

ont amassés et l'ombre d'une vieille levée de terre, il n'y a pas de différence.

VII

Vassaux sédentaires et vous, jeunes chevaliers errants, n'ayez pas tant d'amour pour le monde, ne soyez pas si sots que vous perdiez la grande clarté des cieux qui est nette de toute obscurité. C'est maintenant que l'on va voir votre valeur : prenez la croix, Dieu vous attend !

VIII

Comte de Blois, vous avez bien fréquenté les tournois de ce côté-ci de la mer. Dieu vous a confié le pouvoir pour une durée que vous ignorez. Montrez-lui votre gratitude, car il faut être vraiment sot pour qu'un peu de vanité vous fasse renoncer à la joie qui ne déçoit pas.

Fin.

LA COMPLAINTE D'OUTREMER

Empereor et roi et conte
Et duc et prince, a cui l'en conte
Romanz divers, por vous esbatre,
De cels qui se seulent combatre
Ça en arriers por sainte Yglise,
Quar me dites par quel servise
Vous cuidiez avoir paradis.
Cil le gaaignierent jadis
Dont vous oez ces romanz lire
Par la paine et par le martire
Que li cors souffrirent sor terre.
Vez ci le tens, Diex vous vient querre,
Braz estenduz, de son sanc tains,
Par qui li feus vous ert destains
Et d'enfer et de purgatoire.
Recommenciez novele estoire,
Servez Dieu de fin cuer entier,
Quar Diex vous moustre le sentier
De son païs et de sa marche
Que l'en sanz reson li sormarche.
Por ce si devriiez entendre
A revengier et a desfendre
La Terre de promission
Qui est en tribulacion
Et perdue se Diex n'en pensse,

LA COMPLAINTE D'OUTREMER

Empereurs, rois et comtes, ducs et princes, vous à qui l'on raconte, pour vous divertir, des romans d'aventures pleins des exploits de ceux qui, autrefois, combattaient pour défendre notre sainte mère l'Eglise, dites-moi donc pour quel service vous vous imaginez obtenir le paradis. Les héros des romans que vous entendez réciter le gagnèrent jadis par les épreuves et le martyre que leurs corps endurèrent sur la terre. Voici le temps où Dieu vient vous chercher, bras étendus, teint de son sang, Dieu, qui pour vous éteindra le feu de l'enfer et du purgatoire. Commencez à votre tour une nouvelle épopée, servez Dieu de tout votre cœur, car Dieu vous montre le chemin de son pays et de sa province que l'on opprime injustement. C'est pour cette raison que vous devriez vous employer à venger et à défendre la terre promise qui est ravagée et perdue si Dieu

Se prochainement n'a desfensse.
Soviegne vous de Dieu le Pere
Qui por souffrir la mort amere
Envoia en terre son Fil.
Or est la terre en grant peril
La ou il fut et mors et vis.
Je ne sai que plus vous devis :
Qui n'aidera en ceste empointe,
Qui ci fera le mesacointe,
Poi priserai tout l'autre afere,
Tant sache le papelart fere ;
Ainz dirai més et jor et nuit :
« N'est pas tout or quanque reluit. »

Ha ! rois de France, rois de France,
La loi, la foi et la creance
Va presque toute chancelant.
Que vous iroie plus celant ?
Secorez la, c'or est mestiers,
Et vous et li quens de Poitiers
Et li autre baron ensamble.
N'atendez pas tant que vous emble,
La mors l'ame, por Dieu, seignor !
Més qui voudra avoir honor
En paradis, si le deserve,
Quar je n'i voi nule autre verve.
Jhesucriz dist en l'Evangile,
Qui n'est de trufe ne de guile :
« Ne doit pas paradis avoir
Qui fame et enfanz et avoir
Ne lest por l'amor de celui
Qu'en la fin ert juges de lui. »

Assez de gent sont moult dolant
De ce que l'en trahi Rollant

n'y veille et si elle ne reçoit bientôt du secours. Souvenez-vous de Dieu le Père qui envoya son fils sur la terre pour qu'il souffrît la passion. Voici qu'un grand péril menace la terre où Il vécut et mourut. Je ne sais que vous dire de plus : celui qui n'apportera pas son aide en ces temps difficiles, celui qui maintenant fera l'indifférent, je ne donnerai pas cher de son sort dans l'autre monde, si habile qu'il soit à faire l'hypocrite ; mais je répéterai jour et nuit : « Tout ce qui brille n'est pas or. »

Ah ! roi de France, roi de France, la religion, la foi et la dévotion sont presque toutes chancelantes. Pourquoi vous le cacher ? Secourez-les, maintenant qu'il le faut, vous et le comte de Poitiers, avec l'ensemble des autres barons. N'attendez pas que la mort vous dérobe votre âme, par Dieu, seigneurs ! Désormais, pour avoir un fief en paradis, il faut le mériter, je ne vois rien d'autre à dire. Jésus-Christ dit dans l'Evangile qui ne fait place ni à la ruse ni à la tromperie : « Est exclu du paradis, qui ne laisse femme, enfants et biens pour l'amour de celui qui, à la fin, sera son juge. »

Beaucoup de gens s'affligent de ce que l'on trahit Roland et versent des larmes hypocrites, alors qu'ils voient de leurs

Et pleurent de fausse pitié,
Et voient aus iex l'amistié
Que Diex nous fist qui nous cria,
Qui en la sainte croiz cria
Aus Juÿs qu'il moroit de soi.
Ce n'ert pas por boivre a gersoi,
Ainz avoit soi de nous reembre.
Celui doit l'en douter et criembre,
Por tel seignor doit l'en plorer
Qu'ainsinc se lessa devorer,
Qui se fist percier le costé
Por nous oster du mal osté.
Du costé issi sanc et eve
Qui ses amis netoie et leve.

Rois de France, qui avez mis
Et vostre avoir et voz amis
Et le cors por Dieu en prison,
Ci avra trop grant mesprison
S'a la Sainte Terre failliez.
Or covient que vous i ailliez
Ou vous i envoiez de gent,
Sanz espargnier or ne argent,
Dont li droiz Dieu soit calengiez.
Diex ne veut fere plus lons giez
A ses amis, ne longue longe ;
Ainçois i veut metre calonge,
Et veut cels le voisent veoir
Qu'a sa destre voudront seoir.

Ahi ! prelat de sainte Yglise
Qui, por garder les cors de bise,
Ne volez aler aus matines,
Mesires Giefrois de Surgines
Vous demande dela la mer.

propres yeux l'amour que nous a manifesté Dieu notre Créateur qui, sur la sainte croix, a crié aux Juifs qu'Il mourait de soif. Ce n'était pas pour boire jusqu'à plus soif, mais Il avait soif de nous racheter. C'est Lui que l'on doit redouter et craindre, c'est sur un tel Seigneur que l'on doit pleurer puisqu'Il se laissa détruire, acceptant qu'on Lui perçât le flanc pour nous arracher à la demeure infernale. De ce flanc jaillirent le sang et l'eau qui nettoient et lavent ses amis.

Roi de France qui avez mis votre fortune, vos amis et votre personne en prison pour l'amour de Dieu, ce sera commettre une faute très grave que de manquer à la Terre sainte. Il vous faut maintenant y aller ou y envoyer des troupes sans épargner l'or ni l'argent, pour réclamer le droit de Dieu. Dieu ne veut plus accorder à ses amis de délai ni de longs sursis, mais Il veut lancer un défi. Il veut que viennent Le voir ceux qui voudront s'asseoir à Sa droite.

Hélas ! prélats de notre sainte mère l'Eglise qui, par peur de vous exposer à la bise, ne voulez pas aller à matines, Monseigneur Geoffroi de Sergines vous réclame de l'autre

Més je di cil fet a blasmer
Qui riens nule plus vous demande
Fors bons vins et bone viande
Et que li poivres soit bien fors.
C'est vostre guerre et voz esfors,
C'est vostre Diex, c'est vostre biens :
Vostre peres i tret le fiens.
Rustebués dist, qui riens ne çoile,
Qu'assez avrez d'un pou de toile
Se les pances ne sont trop crasses.
Et que feront les ames lasses ?
Els iront la ou dire n'ose :
Diex ert juges de ceste chose.
Quar envoiez le redeïsme
A Jhesucrist du sien meïsme,
Se li fetes tant de bonté
Puis qu'il vous a si haut monté !

Ahi ! grant cler, grant provandier,
Qui tant estes grant viandier,
Qui fetes Dieu de vostre pance,
Dites moi par quel acointance
Vous partirez au Dieu roiaume,
Qui ne volez pas dire un siaume
Du sautier, tant estes divers,
Fors celui ou n'a que deus vers :
Celui dites aprés mengier.
Diex veut que vous l'alez vengier
Sanz controver nul autre essoine,
Ou vous lessiez le patremoine
Qui est du sanc au Crucefi.
Mal le tenez, je vous afi.
Se vous servez Dieu a l'eglise,
Diex vous resert en autre guise,
Qu'il vous pest en vostre meson ;

côté de la mer. (Mais je dis qu'on a bien tort de vous demander autre chose que bon vin, bonne table et un poivre qui soit bien fort.) Cette guerre est la vôtre, ces forces sont les vôtres, ce Dieu est le vôtre, ces biens sont les vôtres, et c'est votre Père qui là-bas enlève le fumier. Rutebeuf affirme — il ne cache rien — que vous n'aurez qu'un court linceul, et encore si vous n'avez pas de trop gros ventres. Et que feront les malheureuses âmes ? Elles iront en ce lieu que je n'ose nommer : Dieu sera juge de votre conduite. Envoyez donc à Jésus-Christ votre centième pris sur ce qui lui appartient déjà, et faites-lui au moins cette faveur, du moment qu'Il vous a élevés si haut.

Hélas ! grands clercs, grands prébendiers, qui êtes de si bons vivants, qui faites un Dieu de votre panse, dites-moi à quel titre vous aurez part au royaume de Dieu, quand vous ne voulez pas dire, tant vous êtes mauvais, un seul psaume du psautier, hormis celui qui n'a que deux versets, et encore le dites-vous après manger. Dieu veut que vous alliez Le venger sans inventer aucune nouvelle excuse, ou que vous renonciez au patrimoine qui appartient au sang du Crucifié. Vous le gardez mal, c'est moi qui vous le dis. Si vous servez Dieu à l'église, Dieu à son tour vous sert d'une autre

C'est quite quite par reson.
Més se vous amez le repere
Qui sanz fin est por joie fere,
Achetez le, que Diex le vent ;
Quar il a mestier par couvent
D'acheteors, et cil s'engingnent
Qui orendroit ne le barguingnent ;
Quar tel foiz le voudront avoir,
C'on ne l'avra pas por avoir.

Tornoieor, vous que direz
Qui au jor du Juÿse irez
Devant Dieu ? Que porrez respondre ?
Quar lors ne se porront repondre
Ne gent clergies ne gent laies,
Et Diex vous mousterra ses plaies.
Se il vous demande la terre
Ou por vous vout la mort soufferre,
Que direz vous ? Je ne sai qoi.
Li plus hardi seront si qoi
C'on les porroit penre a la main ;
Et nous n'avons point de demain,
Quar li termes vient et aprouche
Que la mort nous clorra la bouche.

Ha ! Antioche, terre sainte,
Com ci a dolereuse plainte
Quant tu n'as més nus Godefroiz !
Li feus de charité est froiz
En chascun cuer de crestien ;
Ne jone homme ne ancien
N'ont por Dieu cure de combatre.
Assez se porroit ja debatre
Et Jacobins et Cordeliers
Qu'il trovaissent nus Angeliers,

manière, puisqu'il vous nourrit dans votre maison : donnant donnant, c'est un marché équitable. Mais si vous aimez la demeure qui apporte l'éternelle félicité, achetez-la, car Dieu la vend : il a besoin d'acheteurs, en vérité, et ils se font du tort ceux qui, dès maintenant, ne la marchandent pas, car ils voudront l'avoir un moment où il sera impossible de l'acheter.

Tournoyeurs, que direz-vous quand vous irez devant Dieu au jour du Jugement ? Que pourrez-vous répondre ? Car alors ne pourront se cacher ni clercs ni laïcs, et Dieu vous montrera Ses plaies. S'Il vous réclame la terre où, pour vous, Il voulut souffrir la mort, que direz-vous ? Je l'ignore. Les plus hardis se tiendront si cois que l'on pourra les mener à son gré ; et nous n'avons point de lendemain, car le terme vient et approche où la mort nous fermera la bouche.

Ah ! Antioche ! terre sainte, comme ta plainte est douloureuse, puisque tu n'as plus de Godefroi ! Le feu de la charité est froid dans tous les cœurs chrétiens ; ni jeunes ni vieux ne se soucient de combattre pour Dieu. Le jacobin et le cordelier pourraient se démener longtemps pour trouver

Nus Tancrez ne nus Baudüins ;
Ainçois leront aus Bedüins
Maintenir la Terre absolue
Qui par defaut nous est tolue,
Et Diex l'a ja d'une part arse.
D'autre part vienent cil de Tharse ;
Et Coramin et Chenillier
Revendront por tout escillier :
Ja ne sera qui la desfande.
Se mesires Giefroiz demande
Secors, si quiere qui li face,
Que je n'i voi nule autre trace ;
Quar com plus en sermoneroie,
Et plus l'afere empireroie.
Cis siecles faut : qui bien fera
Aprés la mort le trovera.

Explicit la complainte d'outremer.

un Engelier, un Tancrède ou un Baudouin ; mais c'est aux Bédouins qu'ils laisseront la possession de la Terre sainte qui nous est enlevée à cause de notre démission, et Dieu voit sa terre incendiée. D'un autre côté viennent ceux de Tharse ; puis Kharismiens et Chananéens viendront à leur tour tout détruire : il n'y aura plus personne pour la défendre. Si Monseigneur Geoffroi de Sergines demande du secours, il peut toujours réclamer, que faire d'autre ? En effet, plus je ferais de discours sur ce sujet, plus j'aggraverais la situation. En ce monde, point de salut : si l'on a fait le bien, l'on en sera récompensé après la mort.

Fin de *La Complainte d'outremer*.

CI ENCOUMENCE LA COMPLAINTE DOU CONTE DE POITIERS

Qui ainme Dieu et sert et doute
Volentiers sa parole escoute ;
Ne crient maladie ne mort
Qu'a lui de cuer ameir s'amort.
Temptacions li cemble vent,
Qu'il at boen escu par devant :
C'est le costei son Criatour,
Qui por nos entra en l'estour
De toute tribulation
Sens douteir persecution.
De son costei fait il son hiaume,
Qu'il desirre lou Dieu roiaume,
Et s'en fait escut et ventaille
Et blanc haubert a double maille,
Et si met le cors en present
Por Celui qui le fais pesent
Vout soffrir de la mort ameire.
De legier laisse peire et meire
Et fame et enfans et sa terre,
Et met por Dieu le cors en guerre
Tant que Dieux de cest siecle l'oste.
Lors puet savoir qu'il a boen hoste
Et lors resoit il son merite,
Que Dieux et il sunt quite et quite.

LA COMPLAINTE DU COMTE DE POITIERS

Quand on aime, quand on sert et redoute Dieu, on se plaît à écouter sa parole ; on ne craint ni la maladie ni la mort quand on met tout son cœur à l'aimer. La tentation n'est pas plus redoutable qu'un souffle de vent car on a pour se protéger un bon bouclier : c'est le flanc de notre Créateur qui, pour nous, osa affronter l'extrême souffrance, sans craindre la persécution. De son flanc on se fait un casque quand on désire le royaume de Dieu ; de son flanc on se fait un bouclier, une mentonnière, une cuirasse blanche à double rang de mailles, pour mettre son corps au service de Celui qui accepta de subir le pesant fardeau de la douloureuse mort. On laisse sans réticence père, mère, femme, enfants et terre, et pour Dieu on expose son corps au danger de la guerre jusqu'à ce que Dieu l'enlève à ce monde. Alors, on peut être certain d'être bien accueilli et l'on reçoit sa juste récompense car on est quitte avec Dieu. Tel fut le

Ainsi fut li cuens de Poitiers
Qui toz jors fu boens et entiers,
Chevaucha cest siecle terrestre
Et mena paradix en destre.

Veü aveiz com longuement
At tenu bel et noblement
Li cuens la contei de Tholeuze,
Que chacuns resembleir goleuze,
Par son sanz et par sa largesse,
Par sa vigueur, par sa proesse,
C'onques n'i ot contens ne guerre,
Ainz a tenu en pais sa terre.
Por ce qu'il me fist tant de biens
Vo vuel retraire un pou des siens.

Vos saveiz et deveiz savoir
Li commencemens de savoir
Si est c'om doit avoir paour
De correcier son Saveour
Et li de tout son cuer ameir,
Qu'en s'amitié n'a point d'ameir,
En s'amitié n'a fin ne fons.
Tant l'ama li boens cuens Aufons
Que ne croi c'onques en sa vie
Pensast un rain de vilonie.
Se por ameir Dieu de cuer fin
Dou bersuel juques en la fin,
Et por sainte Eglize enoreir
Et por Jhesucrist aoureir
En toutes les temptacions,
Et por ameir religions
Et chevaliers et povre gent,
Ou il a mis or et argent
C'onques ne fina en sa vie,

comte de Poitiers, toujours valeureux et loyal, qui traversa ce monde terrestre tout en s'assurant le paradis.

Vous avez vu combien de temps le comte a gouverné avec justice et grandeur le comté de Toulouse, si bien que chacun aspire à lui ressembler. Par sa sagesse, sa générosité, sa vigueur et son courage, il en éloigna combats et guerre, il tint sa terre en paix. Etant donné sa bonté à mon égard, je veux vous raconter quelques-uns de ses bienfaits.

Vous savez, vous devez savoir que le commencement de la sagesse, c'est de craindre la colère de son Sauveur et de l'aimer de tout son cœur, car son amour est pur de toute amertume et il est infini. Le valeureux comte Alphonse l'aima tant que je ne crois pas qu'il ait jamais pu avoir une pensée tant soit peu infâme. Si d'aimer Dieu loyalement du berceau à la tombe et de prier Jésus-Christ dans toutes les tentations, si d'aimer les ordres religieux, les chevaliers et les pauvres gens, pour qui le comte dépensa de l'or et de l'argent, si tout cela vaut à l'âme d'être emportée dans les

Se por c'est arme en cielz ravie,
Dont i est ja l'arme le conte,
Ou plus ot bien que ne vos conte.
Ce que je vi puis je bien dire :
Onques ne le vi si plain d'ire
C'onques li issist de sa bouche
Choze qui tornast a reprouche,
Mais biaux moz, boenz enseignemens.
Li plus grans de ses sairemens
Si estoit : « Par sainte Garie ! »
Miraours de chevalerie
Fu il tant com il a vescu.
Moult orent en li boen escu
Li povre preudome de pris.
Sire Dieux, ou estoit ce pris
Qu'il lor donoit sens demandeir ?
N'escouvenoit pas truandeir
Ne faire parleir a nelui :
Ce qu'il faisoit, faisoit de lui,
Et donoit si cortoisement
Selonc chacun contenement
Que nuns ne l'en pooit reprandre.
Hom nos at parlei d'Alixandre,
De sa largesce, de son sans
Et de ce qu'il fist a son tans ;
S'en pot chacuns, s'il vot, mentir,
Ne nos ne l'osons desmentir
Car nos n'estions pas adonc ;
Mais se por bontei ne por don
A preudons le regne celestre,
Li cuens Aufons i doit bien estre.
Tant ot en son cuer de pitié,
De charitei et d'amistié,
Que nuns nel vos porroit retraire.
Qui porroit toutes ses mours traire

cieux, eh bien ! l'âme du comte, qui fut meilleure que je ne vous le dis, s'y trouve déjà. Je puis bien vous dire ce que j'ai vu : jamais je ne l'ai vu sous le coup de la colère tenir des propos blâmables, mais il prononçait de belles paroles et donnait de bons conseils. Son juron le plus énergique était : « Par sainte Garie ». Il fut tant qu'il vécut un miroir de chevalerie, et pour les gentilshommes pauvres un bon bouclier. Seigneur Dieu, d'où venait qu'il leur donnait sans qu'ils eussent à demander ? Il n'était pas nécessaire de mendier ses faveurs ni de se faire recommander par personne : ce qu'il faisait, il le faisait de lui-même et il donnait avec tant de délicatesse, selon la conduite de chacun, que personne ne pouvait lui adresser de reproches. On nous a parlé d'Alexandre, de sa générosité et de sa sagesse, et de tout ce qu'il fit pendant sa vie. Chacun peut à son gré mentir sur ce point, sans que nous osions le démentir, car nous ne vivions pas en ce temps-là ; mais si la bonté et la générosité procurent à un homme de bien le royaume des cieux, le comte Alphonse le mérite largement.

Son cœur fut si rempli de pitié, de charité et d'amour qu'il est impossible de l'exprimer. Si l'on pouvait faire passer toutes ses qualités dans le cœur d'un jeune homme riche, on

El cuer a un riche jone home,
Hon en feroit bien un preudome.
Boens fu au boens et boens confors,
Maus au mauvais et terriés fors,
Qu'il lor rendoit sens demorance
Lonc le pechié la penitançe ;
Et il le connurent si bien
C'onques ne li meffirent rien.
Dieux le tanta par maintes fois
Por connoistre queiz ert sa fois,
Si connoist il et cuer et cors
Et par dedens et par defors :
Job le trouva en paciance
Et saint Abraham en fiance.
Ainz n'ot fors maladie ou painne,
S'en dut estre s'arme plus sainne.
Outre meir fu en sa venue,
Ou moult fist bien sa convenue
Avec son boen frere le roi.
Plus bel hosteil, plus bel aroi
Ne tint princes emprés son frere.
Ne fist pas honte a son boen pere,
Ainz montra bien que preudons iere
De foi, de semblant, de meniere.
Or l'a pris Diex en son voiage,
Ou plus haut point de son aage,
Que, s'on en ceste region,
Feïst roi par election
Et roi orendroit i fausist,
Ne sai prince qui le vausist.

Li vilains dist : « Tost vont noveles »,
Voire, les bones et les beles ;
Mais qui male novele porte
Tout a tantz vient il a la porte

ferait de celui-ci un vrai gentilhomme. Bon avec les bons, le comte fut leur réconfort ; méchant avec les méchants, il fut pour eux un sévère justicier, car il leur infligeait sans retard un châtiment proportionné à leur faute, et ils le connaissaient si bien que jamais ils ne lui firent aucun tort.

Dieu le tenta maintes fois pour savoir la force de sa foi ; aussi le connaît-il bien, il connaît bien son cœur et son corps, au-dedans comme au-dehors : il le trouva semblable à Job pour la patience et à saint Abraham pour la foi. Il fut en proie à la maladie et à la souffrance, mais elles affermirent la santé de son âme. Il s'en alla à son tour outre-mer où il fit bien son devoir en compagnie de son valeureux frère le roi. Aucun prince ne tint auprès de son frère plus beau train de maison, plus bel équipage de guerre. Il ne fit pas honte à son valeureux père, mais il montra bien qu'il était un vrai gentilhomme par sa foi, par son attitude et son comportement. Voici que Dieu l'a pris au cours de sa croisade, dans la force de l'âge, en sorte que, si dans cette région on élisait le roi et que le roi vînt à manquer, je ne sais quel prince vaudrait le comte de Poitiers.

Comme dit le paysan, « les nouvelles vont vite ». C'est vrai pour les bonnes et belles nouvelles ; mais si l'on apporte une mauvaise nouvelle, on arrive toujours (assez vite) à la porte, on y arrive de toute façon. On sut bientôt qu'au

Et si y vient il toute voie.
Tost fu seü que en la voie
De Tunes, en son revenir,
Vout Dieux le conte detenir.
Tost fu seü et ça et la,
Par tout la renomee ala ;
Par tout en fu faiz li servizes
En chapeles et en esglizes.
Partiz est li cuens de cest siecle,
Qui tant maintint des boens la riegle.
Je di por voir, non pas devin,
Que Tolozain et Poitevin
N'avront jamais meilleur seigneur :
Ausi boen l'ont il et greigneur.
Tant fist li cuens en cestui monde
Qu'avec li l'a Diex net et monde.
Ne croi que priier en conveigne :
Prions li de nos li soveigne !

Explicit.

retour de la croisade de Tunis, Dieu avait voulu retenir le comte. On le sut bientôt ici et là. Partout la nouvelle se répandit, partout on célébra des services religieux dans les chapelles et les églises. Le comte, ce modèle de bonne conduite, a quitté ce monde. J'affirme comme une vérité, et non comme une simple hypothèse, que les Toulousains et les Poitevins n'auront jamais de meilleur prince, bien que celui qu'ils ont maintenant soit aussi bon et plus puissant. Le comte a tant fait dans ce monde que Dieu le garde avec lui pur et irréprochable. Je ne crois pas qu'il faille prier pour lui ; prions-le plutôt de se souvenir de nous !

Fin.

retour de la princesse de [illegible] avait voulu retenir le comte. On le sut bientôt après là. Partout la nouvelle se répandit, partout on célébra des services religieux dans les chapelles et les églises. Le comte, ce modèle de bonne conduite, a quitté ce monde. J'affirme comme une vérité et non comme une simple hypothèse que les [illegible] et les [illegible] n'auront jamais de meilleur prince, bien que celui qu'ils ont maintenant soit aussi bon et plus puissant. Le comte a fait tant dans ce monde que Dieu le garde avec lui [illegible]. Je ne crois pas qu'il faille prier pour lui [illegible] se souvenir de nous!

Fin

Poèmes contre les moines mendiants

LI DIZ DES CORDELIERS

I

[S]eignor, or escoutez, que Diex vos soit amis,
S'orroiz des Cordeliers, commant chacuns a mis
Son cors a grant martire contre les anemis
Qui sont, plus de cent foiz le jor, a nos tramis.

II

[O]r escotez avant dont ces gens sont venu :
Fil a roi et a conte sont menor devenu,
C'au siegle estoient gros, or sont isi menu
Qu'il sont saint de la corde et s'ont tuit lor pié nu.

III

[I]l pert bien que lor Ordre Nostre Sires ama.
Quant sainz François transsi, Jehucrist reclama :
En cinq leuz, ce m'est vis, le sien cors entama.
A ce doit on savoir que Jhesucriz s'ame a.

LE DIT DES CORDELIERS

I

Seigneurs, écoutez donc pour l'amour de Dieu, et vous saurez tout sur les cordeliers ; vous apprendrez comment chacun d'eux a livré son corps au martyre pour lutter contre les ennemis qui nous sont envoyés plus de cent fois par jour.

II

Ecoutez donc d'abord d'où sont venus ces gens-là. Fils de rois et de comtes, ils sont devenus frères mineurs : hier grands personnages dans le monde, les voici maintenant frères menus si bien qu'ils sont ceints de la corde et marchent pieds nus.

III

Il est évident que Notre-Seigneur aima leur ordre. Lorsque mourut saint François, il réclama Jésus-Christ qui, en cinq endroits, je crois, par les stigmates marqua son corps. A ce signe on reconnaît que son âme est auprès de Jésus-Christ, en paradis.

IV

[A]u jor dou Jugement, devant la grant assise,
Que Jhesucriz penra de pecheors joustise,
Sainz François avra ceuz qui seront a sa guise.
Por ce sont Cordelier la gent que je miex prise.

V

[E]n la corde s'entordent cordee a trois cordons ;
A l'acorde s'acordent dont nos descordé sons ;
La descordance acordent des max que recordons ;
En lor lit se detordent por ce que nos tortons.

VI

[C]hacuns de nos se tort de bien faire sanz faille,
Chacuns d'aux s'an detort et est en grant bataille.
Nos nos faisons grant tort [*quant metons a la taille*] ;
Quant chacuns de nos dort, chacuns d'aus se travaille.

VII

[L]a corde senefie, la ou li neu sont fet,
Que le Mauffé desfient, et lui et tot son fet.
Cil qui en aux se fie, si mal et si mesfet
Seront, n'en doutez mie, depecié et desfet.

VIII

[M]enor sont apelé li frere de la corde.
M vient au premier, chacuns d'aux s'i acorde,

IV

Au jour du Jugement, lorsque se tiendra la séance solennelle du tribunal où Jésus-Christ châtiera les pécheurs, saint François prendra avec lui ceux qui lui ressembleront. Voilà la raison pour laquelle les cordeliers sont les gens que je préfère.

V

Ils s'encordent le corps d'une corde à trois cordons, s'accordant en un accord dont nous sommes écartés, accordant là discorde des vices que nous avouons. Sur leur lit, ils se tordent de douleur pour nos distorsions morales.

VI

Chacun de nous se détourne du bien, c'est la vérité; chacun d'eux en est torturé et combat le mal. Nous nous causons un grand tort quand nous faisons des dettes. Tandis que chacun de nous dort, chacun d'eux souffre.

VII

Voici la signification de la corde et de ses nœuds : ils défient le diable et ses œuvres. Si on leur fait confiance, maux et méfaits du démon seront, c'est certain, mis en pièces et détruits.

VIII

Les frères cordeliers sont appelés [M]ineurs. [M] vient en tête car chacun d'eux est d'accord pour sauver son âme

Que s'ame viaut sauver ainz que la mors l'amorde
Et l'ame de chacun qu'a lor acort s'acorde.

IX

[E] senefie plaint : par « E ! » se doit on plaindre ;
Par E fu ame en plaint, Eve fit ame fraindre.
Quand vint Filz d'M a point, ne sofri point le poindre :
M a ame desjoint dont Eve la fit joindre.

X

[A]ne en esté va et en yver par glace
Nus piez, por sa viande qu'elle quiert et porchace :
Isi font li Menor. Diex guart que nus ne glace,
Qu'i ne chiee en pechié, qu'i ne faille a sa grace !

XI

[O] est roons ; en O a enmi une espasse.
Et roons est li cors, dedenz a une place :
Tresor i a, c'est l'ame, que li Maufez menace.
Diex guart le cors et l'ame, Maufez mal ne li face !

....
....
....

XII

[D]evant l'Espicerie vendent de lor espices :
Ce sont saintes paroles en coi il n'a nul vices.
Tote lor a fet tort, et teles an pelices
Les ont ci peliciez qu'entrer n'osent es lices.

avant que la mort ne la happe, et l'âme de tous ceux qui s'accordent à leur règle.

IX

[E] symbolise la plainte : c'est par des hé ! que l'on se plaint ; par [E] l'âme connut la plainte, puisque par Eve l'âme se corrompit. Quand vint au monde le fils de [M]arie, celle-ci n'eut pas à souffrir. [M]arie a délivré l'âme de la servitude où Eve l'asservit.

X

Eté comme hiver, la ca[N]e va pattes nues sur la glace, à la recherche de sa nourriture. Ainsi font les frères mineurs. Que Dieu fasse que personne, en glissant, ne tombe dans le péché et ne perde sa grâce !

XI

[O] est rond, contenant au milieu un espace vide ; de même, le corps est rond, abritant en son sein un trésor : c'est l'âme que menace le diable. Que Dieu épargne à l'âme et au corps les atteintes du diable !

(La strophe suivante manque, qui devrait comporter une explication de la lettre R.)

XII

Sur la place de l'Epicerie, les cordeliers vendent leurs aromates, c'est-à-dire les saintes paroles qui sont parfaites. La tordue leur a fait du tort, et telles qui portent des pelisses les ont si bien étrillés qu'ils n'osent pénétrer dans la place.

XIII

[L]'abeasse qu'est torte lor a fet molt grant tort :
Encore est correciee se fromages estort.
A l'apostole alerent li droit contre le tort :
Li droiz n'ot point de droit, ne la torte n'ot tort.

XIV

[L]'abeasse qui cloche la cloiche dou clochier
Fist devant li venir, qu'i la veïst clochier.
Ainz qu'elle venit la, la couvint mont lochier :
La porte en fist porter celle qui n'ot Dieu chier.

XV

[L]'apostoles lor vost sor ce doner sentence,
Car il set bien que fame de po volentiers tance ;
Ainz manda, s'il pooit estre sans mesestance,
L'evesque lor feïst la avoir demorance.

XVI

[L]'evesques ot consoil par trois jors ou par quatre ;
Mais fames sont noiseuses, ne pot lor noise abatre
Et vit que chacun jor les convenoit combatre,
Si juga que alassent en autre leu esbatre.

XVII

[D]ortor et refretor avoient, belle yglise,
Vergiers, praiaux et troilles, trop biau leu a devise :

XIII

Oui, l'abbesse qui est tordue leur a causé beaucoup de tort ; elle ne cesse d'être courroucée qu'un fromage lui échappe. Les moines, qui avaient raison, en appelèrent au pape contre le tort qui leur était fait : la justice n'obtint pas justice, et la tordue n'eut pas tort.

XIV

Le pape fit venir devant lui l'abbesse qui sonne les cloches, afin de la voir marcher en clochant. Avant qu'elle n'y parvînt, il lui fallut jouer des jambes : celle-ci qui n'aime pas Dieu fit enlever la porte.

XV

Le pape voulut trancher en cette affaire, car il savait très bien qu'une femme cherche volontiers querelle pour peu de chose. Mais avant il demanda à l'évêque de procurer aux cordeliers une habitation s'il le pouvait sans peiner personne.

XVI

L'évêque tint conseil pendant trois ou quatre jours, mais, comme les femmes aiment la chicane, il ne put apaiser la querelle et se rendit compte que chaque jour les disputes recommençaient. Aussi décida-t-il qu'ils continuassent leurs jeux ailleurs.

XVII

Les cordeliers possédaient un dortoir et un réfectoire, une belle église, des vergers, des prés, des treilles — une

Or dit la laie gent que c'est par couvoitise
Qu'il ont *ce* leu lessié et autre place prise.

XVIII

[S]e cil leuz fust plus biaus de celi qu'il avoient,
Si le poïst on dire ; mais la fole gent voient
Que lor leus laissent cil qui desvoiez avoient
Por oster le pechié que en tel leu savoient.

XIX

[E]n ce leu faisoit on pechié et grant ordure :
A l'oster ont eü mainte parole dure ;
Mais Jehucriz li rois qui toz jors regne et dure
Si conduise celui qui les i fit conduire !

XX

[L]a coe dou cheval desfant la beste tote,
Et c'est li plus vilz membres, et la mouche la doute.
[*Nos ressemblons la taupe, qui erre soz la mote* :]
Nos avons euz es testes, et si n'en veons gote.

XXI

[S]e partout avoit eve, tiex buvroit qui a soi.
Vos veez, li navrez le mire lez soi,
Et nos, qui sons navré chacun jor endroit soi,
N'avons cure dou mire, ainz nos morons de soi.

demeure aussi belle qu'on peut le souhaiter. Or maintenant les personnes qui ne sont pas informées n'affirment-elles pas que c'est par convoitise qu'ils ont abandonné cette première demeure pour en prendre une autre ?

XVIII

Si celle-ci était plus belle que la première, on pourrait l'affirmer ; mais même les gens les plus simples constatent que ceux qui remettent les égarés dans le bon chemin renoncent à leur demeure afin de supprimer le péché qu'ils savaient en tel lieu.

XIX

En ce lieu régnaient le péché et la débauche ; pour les en chasser, les cordeliers ont subi mainte et mainte attaque. Mais puisse Jésus-Christ, le Roi qui règne et vit de toute éternité, guider celui qui les introduisit dans la ville !

XX

La queue du cheval défend la bête tout entière ; c'est le plus vil des membres, mais la mouche la redoute. Nous ressemblons à la taupe qui chemine sous les mottes de terre : nous avons des yeux, et pourtant nous ne voyons pas.

XXI

S'il y avait de l'eau partout, les assoiffés pourraient boire. Comme vous le constatez, le blessé fait appeler le médecin ; pourtant, nous qui chaque jour sommes blessés, nous ne nous préoccupons pas d'un médecin, et nous mourons de soif.

XXII

[L]a deüst estre mires la ou sont li plaié ;
Car par les mires sont li navré apaié.
Menor sont mire, et nos sons par eus apaié :
Por ce sont li Menor en la vile avoié.

XXIII

[O]u miex de la cité doivent tel gent venir ;
Car ce qui est oscur font il cler devenir,
Et si font les navrez en senté revenir.
Or *les* veut l'abeesse de la vile banir.

XXIV

[E]t mes sires Ytiers, qui refu nez de Rains,
Ainz dit qu'i mangeroit ainçois fuielles et rains
Qu'i fussent en s'esglise confessor premeriens,
Et que d'aler a paie avroit lasses les rains.

XXV

[B]ien le deüt sosfrir mes [*sire*] Ytiers li prestres :
Paranz a et parentes mariez a grant festes ;
Des biens de Sainte Yglise lor a achetez bestes :
Li biens esperitiex est devenuz terrestres.

Explicit des Cordeliers.

XXII

Il devrait y avoir un médecin là où sont les blessés, car ce sont les médecins qui guérissent les blessés. Les frères mineurs sont des médecins, et ils nous guérissent. Pour cette raison, on les a dirigés vers la ville.

XXIII

C'est au cœur de la cité que doivent s'installer de telles gens, car ils rendent clair l'obscur et guérissent les blessés. Or voici que l'abbesse veut les bannir de la ville.

XXIV

De son côté, monseigneur Ytier qui, lui, est natif de Reims, affirme qu'il mangerait de l'herbe et des branches avant que les cordeliers ne fussent les premiers à confesser dans son église et ajoute qu'il n'aurait pas la force d'aller en conciliation.

XXV

Monseigneur Ytier le prêtre aurait pourtant bien dû l'accepter : n'a-t-il pas marié ses parents et parentes à grands frais ? N'est-ce pas sur les biens de notre sainte mère l'Eglise qu'il leur a acheté du bétail ? Le bien de l'Eglise est devenu celui des hommes.

Fin du *Dit des cordeliers*.

DE LA DESCORDE DE L'UNIVERSITÉ ET DES JACOBINS

I

Rimer m'estuet d'une descorde
Qu'a Paris a semé Envie
Entre gent qui misericorde
Sermonent et honeste vie
De foi, de pais et de concorde
Est lor langue moult replenie
Més lors maniere me recorde
Que dire et fere n'i soit mie.

II

Sor Jacobins est la parole
Que je vous vueil conter et dire,
Quar chascuns de Dieu nous parole
Et si desfent corouz et ire,
Que c'est la riens qui l'ame afole,
Qui la destruit et qui l'empire :
Or guerroient por une escole
Ou il vuelent a force lire.

III

Quant Jacobin vindrent el monde,
S'entrerent chiés Humilité ;

LA DISCORDE DE L'UNIVERSITÉ ET DES JACOBINS

I

Je dois rimer d'une discorde
qu'à Paris a semée Envie,
chez ceux qui louent miséricorde
et prêchent une honnête vie.
Leurs discours sont remplis
de foi, de paix et de concorde,
mais à les voir je me souviens
que dire et faire ne s'accordent.

II

C'est des jacobins que je veux
conter et parler devant vous,
car chacun nous parle de Dieu,
condamnant colère et courroux
qui, disent-ils, blessent l'âme,
la détruisent et la corrompent,
mais ils combattent pour une chaire
où ils veulent de force enseigner.

III

Quand sont venus les jacobins,
ils choisirent l'humilité ;

Lors estoient et net et monde
Et s'amoient divinité.
Més Orguex, qui toz biens esmonde,
I a tant mis iniquité
Que par lor grant chape roonde
Ont versé l'Université.

IV

Chascuns d'els deüst estre amis
L'Université voirement,
Quar l'Université a mis
En els tout le bon fondement :
Livres, deniers, pains et demis ;
Més or lor rendent malement,
Quar cels destruit li anemis
Qui plus l'ont servi longuement.

V

Miex lor venist, si com moi membre,
Qu'alevez nes eüssent pas :
Chascuns a son pooir desmembre
La mesnie saint Nicholas ;
L'Université ne s'i membre
Qu'il ont mise du trot au pas,
Quar tel herberge on en la chambre
Qui le seignor gete du cas.

VI

Jacobin sont venu el monde
Vestu de robe blanche et noire ;
Toute bontez en els abonde,
Ce puet quiconques voudra croire.

ils étaient alors propres et purs
et aimaient la théologie.
Mais Orgueil, qui élague tout bien,
les a remplis de tant d'iniquité
qu'ils ont, sous leur cape fermée,
renversé l'université.

IV

Chacun d'eux devrait être un ami
sincère de l'université,
car celle-ci leur a remis
de quoi bien s'établir :
livres, deniers, pains et demis ;
mais maintenant ils le lui rendent mal,
car l'ingrat détruit les gens
qui l'ont servi le plus longtemps.

V

Elle aurait mieux fait, autant qu'il m'en souvient,
de ne pas les élever si haut :
chacun d'eux fait son possible pour disloquer
la troupe de saint Nicolas ;
l'université n'y gagne pas en force,
ils ont entravé son essor,
car il arrive qu'on loge en sa chambre
quelqu'un qui jette le maître dehors.

VI

Les jacobins sont venus dans le monde
vêtus de robes blanches et noires ;
en eux abondent toutes les vertus,
le croira qui voudra.

Se par l'abit sont net et monde,
Vous savez bien, ce est la voire,
S'uns leus avoit chape roonde
Si resambleroit il provoire.

VII

Se lor oevre ne se concorde
A l'abit qu'amer Dieu devise,
Au recorder avra descorde
Devant Dieu au jor du Juïse ;
Quar se Renart çaint une corde
Et vest une cotele grise,
N'en est pas sa vie mains orde :
Rose est bien sor espine assise.

VIII

Il pueent bien estre preudomme,
Ce vueil je bien que chascuns croie ;
Més ce qu'il pledoient à Romme
L'Université m'en desvoie.
Des Jacobins vous di la somme :
Por riens que Jacobins acroie,
La peleüre d'une pomme
De lor dete ne paieroie.

Explicit la descorde de l'Université et des Jacobins.

Si par l'habit ils sont purs et propres,
vous savez bien, c'est la vérité,
qu'un loup, sous une cape fermée,
ressemblerait à un prêtre.

VII

Si leurs œuvres ne s'accordent pas
avec l'habit qui annonce l'amour de Dieu,
la discorde éclatera quand on le rappellera
devant Dieu au jour du Jugement ;
car si Renart se ceint d'une corde
et revêt une robe grise,
sa vie n'en est pas moins répugnante :
la rose dissimule les épines.

VIII

Ce sont peut-être des gens de bien,
je veux bien que chacun le croie,
mais puisqu'ils plaident à Rome
contre l'université, je ne puis l'accepter.
Des jacobins voici le fond de ma pensée :
quoi qu'ils puissent emprunter,
de leur dette je ne paierais
pas le plus petit centime.

Fin de *La Discorde de l'université et des jacobins*.

DU PHARISIAN

Seignor qui Dieu devez amer
En cui amor n'a point d'amer,
Qui Jonas garda en la mer
Par grant amour
Les trois jors qu'il i fist demor,
A vous toz faz je ma clamor
D'Ypocrisie,
Cousine germaine Heresie,
Qui bien a la terre saisie.
Tant est grant dame
Qu'ele en enfer metra mainte ame ;
Maint homme a mis et mainte fame
En sa prison.
Moult l'aime on et moult la prise on ;
Ne puet avoir los ne pris hom
S'il ne l'oneure :
Honorez est qu'a li demeure,
Grant honor a, ne garde l'eure ;
Sanz honor est qui li cort seure
En brief termine.
Gesir soloit en la vermine :
Or n'est més hom (qui ne l'encline)
Ne bien creanz,
Ainz est bougres et mescreanz.

LE PHARISIEN

Seigneurs qui devez aimer Dieu
dont l'amour est sans amertume,
Lui qui dans son grand amour
préserva Jonas en mer
les trois jours qu'il y demeura,
à vous tous j'adresse ma complainte
contre Hypocrisie,
la cousine germaine d'Hérésie,
qui s'est emparée de la terre.
C'est une si grande dame
qu'elle conduira en enfer bien des âmes ;
elle a mis bien des hommes et des femmes
en sa prison.
On l'aime fort, on l'estime fort ;
personne ne peut recevoir de louange,
s'il ne l'honore :
on est honoré si l'on se range à ses côtés ;
on acquiert grand honneur sans tarder ;
on perd tout honneur si on la combat,
en peu de temps.
Elle avait coutume de croupir dans la vermine :
de nos jours, si l'on ne s'incline devant elle, on n'est ni [homme
ni bon chrétien,
mais hérétique et mécréant.

Ele a ja fet toz recreanz
Ses aversaires.
Ses anemis ne prise gaires,
Qu'ele a baillis, provos et maires,
Et si a juges
Et de deniers plaines ses huges,
Si n'est cité ou n'ait refuges
A grant plenté.
Partout fet més sa volenté,
Ne le retient nonostenté
N'autre justise ;
Le siecle gouverne et justice ;
Resons est quanqu'ele devise,
Soit maus soit biens.
Ses serjanz est Justiniens
Et toz canons et Graciens.
Je qu'en diroie ?
Bien puet lier et si desloie :
S'en un mauvés leu ensailloie,
Ne puet el estre.
Or vous vueil dire de son estre,
Qui sont si seignor et si mestre
Parmi la vile.
Diex les devise en l'Evangile,
Qui n'est de barat ne de guile,
Ainz est certaine :
Granz robes ont de simple laine
Et si sont de simple couvaine ;
Simplement chascuns se demaine,
Color ont simple et pale et vaine,
Simple viaire,
Et sont cruel et deputaire
Vers cels a cui il ont afaire
Plus que lyon
Ne liepart ne escorpion.

Elle a déjà réduit à l'impuissance
ses adversaires.
Elle n'estime guère ses ennemis,
car elle dispose des baillis, prévôts et maires,
et aussi des juges,
et ses coffres sont pleins de deniers ;
aussi n'est-il pas de cité où elle n'ait des refuges
en quantité.
Partout elle en fait à son gré,
elle n'est retenue par aucune autorité
ni par aucun droit ;
elle gouverne et régit le monde ;
ce qu'elle décide est la justice,
le mal ou le bien.
Elle se sert du droit de Justinien
comme du droit canon de Gratien.
Que puis-je en dire ?
Elle a tout pouvoir pour condamner et absoudre :
s'il m'arrivait malheur,
je ne m'en tirerais pas.
Maintenant, je veux vous parler de ses gens
qui sont les seigneurs et les maîtres
de la ville.
Dieu les décrit dans l'Evangile,
qui ne contient ruse ni tromperie
mais n'est que vérité.
Ils ont de grandes robes en laine rêche,
leur attitude est toute simple,
chacun se comporte avec modestie,
leur couleur est discrète, pâle, effacée,
leur visage modeste,
mais ils sont cruels et pervers
envers ceux à qui ils ont affaire,
pires que lions,
léopards ou scorpions.

N'i a point de religion,
C'est sanz mesure.
Itel gent, ce dist l'Escripture,
Nous metront a desconfiture,
Car Verité,
Pitié et Foi et Charité
Et Larguece et Humilité
Ont ja sousmise ;
Et maint postiau de sainte Yglise,
Dont li uns plesse et l'autres brise,
Ce voit on bien,
Contre li ne valent més rien.
Les plusors fist de son merrien
Si l'obeïssent,
Nous engingnent et Dieu traïssent.
S'il fust en terre il l'oceïssent,
Car il ocient
La gent qui vers aus s'umelient.
Assez font el que il ne dient :
Prenez i garde !
Ypocrisie la renarde,
Qui defors oint et dedenz larde,
Vint ou roiaume.
Tost ot trové Frere Guillaume,
Frere Robert et Frere Aliaume,
Frere Giefroi,
Frere Lambert, Frere Lanfroi.
N'estoit pas lors de tel esfroi,
Més or s'esfroie.
Tel cuide on qu'au lange se froie
Qu'autre chose a souz la corroie,
Si com je cuit ;
N'est pas tout or quanqu'il reluit.
Ypocrisie est en grant bruit :
Tant a ouvré,

Pas une once de religion,
c'est évident.
De telles gens, dit l'Ecriture,
nous détruiront,
car ils ont déjà soumis
Pitié et Foi et Charité
et Largesse et Humilité
et Vérité ;
maints piliers de sainte Eglise,
dont l'un plie et l'autre se brise,
on le voit bien,
contre elle ne valent plus rien.
Elle a fait de sa substance le plus grand nombre,
et ils lui obéissent,
nous trompent et trahissent Dieu.
S'Il était sur terre, ils Le tueraient,
puisqu'ils tuent
les gens qui s'humilient devant eux.
Ils font une chose, en disent une autre :
prenez-y garde !
Hypocrisie la renarde,
qui par-dehors flatte et par-derrière frappe,
entra dans le royaume.
Elle a vite trouvé frère Guillaume,
frère Robert et frère Alaume,
frère Geoffroy,
frère Lambert et frère Lanfroy.
Elle n'était pas alors très forte,
mais maintenant elle s'agite.
On s'imagine que celui qui porte la laine à même la peau
a autre chose sous la ceinture,
comme je le pense moi-même :
tout ce qui reluit n'est pas d'or.
Hypocrisie fait beaucoup parler d'elle :
elle a tant travaillé,

Tant se sont li sien aouvré
Que par engin ont recouvré
Grant part el monde.
N'est més nus tels qui la responde
Que maintenant ne le confonde
Sanz jugement.
Et par ce veez plainement
Que c'est contre l'avenement
A Antecrist :
Ne croient pas le droit escrit
De l'Evangile Jesucrist
Ne ses paroles ;
En leu de voir dient frivoles
Et mençonges vaines et voles,
Por decevoir
La gent et por apercevoir
S'a piece voudront recevoir
Celui qui vient,
Que par tel gent venir covient ;
Quar il vendra, bien m'en sovient,
Par ypocrites :
Les prophecies en sont escrites.
Or vous ai je tel gent descrites.

Explicit du Pharisien.

les siens se sont tant démenés
que par ruse ils ont acquis
la majeure partie du monde.
Il n'est plus personne qui lui résiste
sans qu'elle le détruise sur-le-champ
sans jugement.
Vous le voyez, c'est le signe
que s'approche la venue
de l'Antéchrist :
ils ne croient plus à la loi écrite
dans l'évangile de Jésus-Christ
ni à ses paroles ;
à la place du vrai, ils disent des fariboles
et des mensonges vains et frivoles
pour tromper
les gens et pour faire savoir
qu'ils recevront pour finir
celui qui vient,
car il lui faudra venir par de telles gens ;
il viendra, je m'en souviens bien,
grâce aux hypocrites :
les prophéties en sont écrites.
Et voici qu'est achevé leur portrait.

Fin du *Pharisien.*

DE MAISTRE GUILLAUME DE SAINT AMOUR

« Vous qui alez parmi la voie,
Arestez vous et chascuns voie
S'il est dolor tel com la moie »,
        Dist sainte Yglise.
« Je fui sor ferme pierre assise ;
La pierre esgrume et fent et brise,
        Et je chancele.
Tel gent se font de ma querele
Qui me metent en la berele :
        Les miens ocient
Sanz ce que pas ne me desfient,
Ainz sont a moi, si comme il dient
        Por miex confondre.
Por ce font il ma gent repondre
Que nus a els n'ose respondre
        Ne més que sire.
Assez pueent chanter et lire,
Més moult a entre fere et dire ;
        C'est la nature :
Li diz est douz et l'uevre dure ;
N'est pas tout or quanc'on voit luire.
        Ahi ! Ahi !
Com sont li mien mort et trahi
Et por la verité haï
        Sanz jugement !

LA COMPLAINTE
DE GUILLAUME DE SAINT-AMOUR

« Vous qui allez sur le chemin,
arrêtez-vous, et que chacun voie
s'il existe une douleur pareille à la mienne »
dit notre sainte mère l'Eglise.
« J'ai été bâtie sur une pierre solide ;
mais la voici qui s'effrite, se fend, se brise,
et je chancelle.
Certains feignent d'être de mon camp
et me jettent dans l'embarras,
tuant les miens
sans même me déclarer la guerre,
mais ils prétendent être de mon côté
pour mieux me détruire.
Ils poussent les miens à se cacher
parce que personne n'ose plus rien leur dire
si ce n'est : « Oui, seigneur ».
Ils peuvent bien chanter l'office et enseigner :
il y a loin du faire au dire.
Et c'est bien naturel :
la parole est facile, l'acte pénible ;
tout ce qui luit n'est pas d'or.
Hélas ! hélas !
Comme les miens sont morts et trahis
et, pour avoir dit la vérité, haïs
sans le moindre jugement !

Ou Cil qui a droit juge ment,
Ou il en avront vengement,
Combien qu'il tart :
Com plus couve li feus, plus art.
Li mien sont tenu por musart,
Et jel compere.
Pris ont Cesar, pris ont saint Pere,
Et s'ont emprisoné mon pere
Dedenz sa terre.
Cil ne le vont gueres requerre
Por qui il commença la guerre,
C'on nes perçoive.
N'est més nus qui le ramentoive :
S'il fist folie, si la boive !
Hé ! arcien,
Decretistre, fisicien,
Et vous la gent Justinien
Et autre preudomme ancien,
Comment souffrez en tel lien
Mestre Guilliaume,
Qui por moi fist de teste hiaume ?
Or est fors mis de cest roiaume
Li bons preudon,
Qui mist cors et vie a bandon.
Fet l'avez de Chastel Landon
La moquerie :
Me vendez, par sainte Marie !
J'en doi plorer, qui que s'en rie :
Je n'en puis mais.
Se vous estes bien et en pais,
Bien puet passer avril et mays !
S'il encarcha por moi tel fais,
Je li enorte
Que jus le mete, ou il le porte,
Que ja n'ert nus qui l'en deporte,

Ou bien Celui qui est le Vrai Juge ment,
ou bien ils obtiendront vengeance,
    même si elle tarde à venir :
plus le feu couve, plus il est vif.
On prend les miens pour des sots,
    et j'en pâtis.
Les frères ont pris César, ils ont pris saint Pierre
et ont emprisonné mon père
    dans ses terres.
Ceux pour qui il commença la guerre
ne réclament guère son retour
    par peur de se découvrir.
Il n'est plus personne qui se souvienne de lui :
puisqu'il a commis une folie, qu'il la paie !
    Hé ! étudiants en lettres,
en droit canon, en médecine,
et vous qui étudiez le droit romain,
et vous sages maîtres séculiers,
comment laissez-vous en une telle captivité
    maître Guillaume
qui pour moi présenta sa tête aux coups ?
Voilà donc exilé de ce royaume
    le bon maître
qui sacrifia son corps et sa vie.
Vous avez fait de lui la risée
    de tous les moqueurs :
vous me trahissez, par sainte Marie !
Je dois en pleurer, malgré les rieurs :
    je ne peux rien faire.
Dès lors que vous êtes à l'aise et en paix,
avril et mai peuvent bien s'écouler !
Puisque Guillaume se chargea pour moi d'un tel fardeau,
    je l'exhorte
à le déposer à terre, ou à le porter,
car il n'y aura jamais personne pour l'en soulager,

Ainz i morra
Et li aferes demorra.
Face du miex que il porra :
Je n'i voi plus.
Por voir dire l'a l'en conclus ;
Or est en son païs reclus,
A Saint Amor,
Et nus ne fet por lui clamor.
Or i puet fere lonc demor
Que je l'i lais,
Quar Verité a fet son lais ;
Ne l'ose dire clers ne lais.
Morte est Pitiez
Et Charitez et Amistiez ;
Fors du regne les ont getiez
Ypocrisie
Et Vaine Gloire et Tricherie
Et Faus Samblant et dame Envie
Qui tout enflame.
Savez por qoi chascune est dame ?
C'on doute plus le cors que l'ame ;
Et d'autre part
Nus clers a provende ne part
N'a dignité que l'en depart,
S'il n'est des lor.
Faus Samblant et Morte Color
Emporte tout : a ci dolor
Et grant contrere.
Li douz, li franz, li debonere,
Cui l'en soloit toz les biens fere,
Sont en espace ;
Et cil qui ont fauve la face,
Qui sont de la devine grace
Plain par defors,
Cil avront Dieu et les tresors

mais il en mourra,
et l'affaire en restera là.
Qu'il fasse pour le mieux :
Je ne vois pas d'autre solution.
Parce qu'il avait dit la vérité, on l'a fait taire :
le voici maintenant reclus en son pays,
à Saint-Amour,
sans que personne réclame son retour.
Maintenant il peut bien y demeurer longtemps,
je l'y laisse,
car Vérité a fait son testament,
ni clerc ni laïc ne l'ose dire.
Pitié est morte,
ainsi que Charité et Amitié,
jetées hors du royaume
par Hypocrisie,
Vaine Gloire, Tricherie,
Faux Semblant et Dame Envie
qui brûle tout de sa flamme.
Savez-vous pourquoi chacune est toute-puissante ?
Parce que l'on craint plus pour son corps que pour son âme,
et d'autre part
aucun clerc n'a sa part des prébendes
ou des dignités que l'on distribue
s'il n'est des leurs.
Faux Semblant et Abstinence Contrainte
emportent tout : quelle douleur !
Quel grand malheur !
Les gens doux, honnêtes, généreux,
à qui l'on avait coutume d'accorder tous les biens,
sont délaissés,
tandis que ceux qui ont le visage trompeur
et donnent l'impression d'être remplis
de la grâce divine,
ceux-ci auront à la fois Dieu et les trésors

Qui de toz maus gardent les cors.
Sachiez de voir,
Moult a sainte chose en avoir,
Quant tel gent le vuelent avoir
Qui sanz doutance
Ne feroient por toute France
Jusqu'au remors de consciance.
Més de celui
Me plaing qui ne trueve nului,
Tant ait esté amez de lui,
Qui le requiere ;
Si me complaing en tel maniere :
Ha ! Fortune, chose legiere,
Qui oins devant et poins derriere,
Comme es marrastre !
Clergié, comme estes mi fillastre !
Oublié m'ont prelat et pastre,
Chascuns m'esloingne ;
A poi lor est de ma besoingne.
Sejorner l'estuet en Borgoingne
Mat et confus ;
D'iluec ne se mouvra il plus,
Ainz i sera ce seureplus
Qu'il a a vivre,
Que ja n'ert nus qui l'en delivre.
Escorpion, serpent et guivre
L'ont assailli ;
Par lor assaut l'ont mal bailli,
Et tuit mi droit li sont failli
Qu'il trait avant.
Il avroit pais, de ce me vant,
S'il voloit jurer par couvant
Que voirs fust fable,
Et tors fust droiz, et Diex deable,
Et fors du sens fussent resnable,

qui préservent les corps de tous les maux.
Sachez la vérité :
les richesses sont une bien sainte chose,
puisque certains veulent les posséder,
qui sans aucun doute
n'agiraient pas, dût-on leur donner la France entière,
jusqu'à en avoir des remords de conscience.
Mais celui que je plains,
c'est cet homme qui ne trouve personne,
si fort qu'on l'ait aimé,
pour réclamer son retour.
C'est pourquoi je me lamente en ces termes :
Ha ! Fortune, être inconstant,
qui flattes par-devant et frappes par-derrière,
quelle marâtre tu fais !
Clercs, comme vous êtes mes fils indignes !
Prélats et pasteurs m'ont oubliée,
chacun s'éloigne de moi,
mes affaires leur importent peu.
Lui, il est réduit à séjourner en Bourgogne
abattu et accablé ;
il n'en bougera plus,
mais il y passera tout le temps qu'il lui reste
à vivre,
car jamais ne se présentera personne pour l'en délivrer.
Scorpions, serpents et vipères
l'ont assailli ;
par leur assaut ils l'ont maltraité,
et il est dépourvu de tous mes droits
dont il est le défenseur.
On le laisserait en paix, j'en suis sûre,
s'il voulait jurer sous serment
que la vérité est mensonge,
que l'injustice est justice, que Dieu est le diable,
que les fous ont toute leur raison

Et noirs fust blanz.
Més por tant puet user son tans
En tel estat, si com je pans,
Que ce deïst
Ne que jusques la mesfeïst,
Comment que la chose preïst ;
Quar ce seroit
Desleautez, n'il nel feroit,
Ce sai je bien : miex ameroit
Estre enmurez
Ou desfez ou desfigurez ;
N'il n'ert ja si desmesurez,
Que Diex ne veut.
Or soit ainsi comme estre puet !
Encor est Diex la ou il seut,
Ce sai je bien :
Je ne me desconfort de rien.
Paradis est de tel merrien
C'on ne l'a pas,
Por Dieu flater, isnel le pas ;
Ainz covient maint felon trespas
Au cors soufferre :
Por cheminer parmi la terre,
Por les bones viandes querre
N'est on pas sains.
S'il muert por moi, s'ert de moi plains.
Voir dires a cousté a mains
Et coustera ;
Més Diex, qui est et qui sera,
S'il veut, en pou d'eure fera
Cest bruit remaindre :
L'en a veü remanoir graindre.
Qui verra deus cierges estaindre,
Lors si verra
Comment Jhesucrist ouverra,

et que le noir est blanc.
Mais il peut passer sa vie entière
dans une telle situation, je le crois,
avant de tenir ces propos
et de perpétrer un tel méfait,
quoi qu'il doive arriver ;
car ce serait
une déloyauté qu'il ne saurait commettre.
Je le sais bien : il préférerait
être emmuré
ou détruit ou défiguré,
plutôt que d'avoir une telle audace,
car Dieu ne le veut pas.
Dès lors, advienne que pourra !
Dieu est encore à sa place ordinaire,
je le sais bien :
je ne désespère donc de rien.
Le paradis est ainsi fait
que l'on ne l'obtient pas
sur-le-champ, en flattant Dieu,
mais il faut que le corps passe
par mainte cruelle épreuve.
Il ne suffit pas de cheminer sur la terre
à la recherche de bons aliments
pour être saint.
Si Guillaume meurt pour moi, je l'accompagnerai de mes [plaintes.
Beaucoup ont souffert et souffriront
de dire la vérité ;
mais Dieu qui est et qui sera,
s'Il le veut, en peu de temps mettra un terme
à ce tapage :
on en a vu cesser de plus grands.
En moins de temps qu'il ne faut à deux cierges pour se [consumer,
on pourra voir
Jésus-Christ à l'œuvre,

Qui maint orguillex a terre a
Plessié et mis.
Se il est por moi sanz amis,
Diex s'ert en poi d'eure entremis
De lui secorre.
Or lera donc Fortune corre,
Qu'encontre li ne puet acorre,
C'est or la somme.
Ou a il nul si vaillant homme
Qui, por l'apostoile de Romme
Ne por le roi,
Ne vout desreer son erroi,
Ainz en a souffert le desroi
De perdre honor ?
L'en l'apeloit mestre et seignor,
Et de toz mestres le greignor
Seignor et mestre.
Li enfant que vous verrez nestre
Vous feront encor herbe pestre,
Se il devienent
De cels qui ensamble se tienent
Et cil vivent qui les soustienent
Que j'ai descrit.
Or prions donques Jhesucrist
Que cestui mete en son escrit
Et en son regne,
La ou les siens conduit et maine ;
Et si l'en prit la souveraine
Virge Marie
Qu'avant que il perde la vie
Soit sa volenté acomplie ! »

Amen.

Explicít de mestre Guillaume de saint amor.

Lui qui a fait plier et qui a abattu
    plus d'un orgueilleux.
Si, à cause de moi, Guillaume n'a pas d'amis,
Dieu en peu de temps se chargera
    de lui porter secours.
Il laissera donc maintenant Fortune poursuivre sa course,
car il ne peut rien contre elle,
    c'est la stricte vérité.
Où y a-t-il un homme si valeureux
qui, ni pour le pape de Rome,
    ni pour le roi,
ne voulut changer de conduite,
mais, de ce fait, souffrit le dommage
    de perdre l'honneur ?
On l'appelait seigneur et maître
et de tous les maîtres le plus grand
    seigneur et maître.
Les enfants que vous verrez naître
vous feront un jour manger du foin
    s'ils rejoignent les rangs
de ceux qui se serrent les coudes,
et si vivent toujours leurs protecteurs,
    ceux dont je viens de parler.
Maintenant prions donc Jésus-Christ
qu'il inscrive Guillaume sur son registre
    et l'accepte en son royaume
où il mène et conduit les siens ;
puisse la souveraine Vierge Marie
    prier Jésus
qu'avant que Guillaume ne perde la vie,
la volonté divine soit accomplie !
    Amen.

Fin de *La Complainte de Guillaume de Saint-Amour*.

DES REGLES

Puis qu'il covient verité tere,
De parler n'ai je més que fere.
Verité ai dite en mains leus :
Or est li dires pereilleus
A cels qui n'aiment verité,
Qui ont mis en auctorité
Tels choses que metre n'i doivent.
Aussi nous prenent et deçoivent
Com li gorpis fet les oisiaus.
Savez que fet li damoisiaus ?
En terre rouge se toueille,
Le mort fet et la sorde oreille ;
Si vienent li oisel des nues
Et il aime moult lor venues,
Quar il les ocist et afole :
Ausi, vous di a brief parole,
Cil nous ont mort et afolé
Qui paradis ont acolé.
A cels le donent et delivrent
Qui les aboivrent et enyvrent
Et qui lor engressent les pances
D'autrui chatels, d'autrui substances,
Qui sont, espoir, bougre parfet
Et par paroles et par fet,

LES RÈGLES DES MOINES

Puisqu'il faut taire la vérité,
inutile pour moi de parler.
J'ai dit la vérité en maint endroit :
maintenant il est dangereux de parler
à ceux qui n'aiment pas la vérité
et qui ont donné droit de cité
à des propos qu'ils ne doivent pas soutenir.
Ils nous bernent et trompent tout
comme le goupil fait avec les oiseaux.
Savez-vous ce que fait le damoiseau ?
Il se roule dans de la terre rouge,
fait le mort et la sourde oreille ;
alors les oiseaux viennent des nues,
et il aime bien qu'ils viennent,
car il les tue et les blesse :
de même, pour faire bref,
ceux qui ont accaparé le paradis
nous ont tués et blessés.
Ils le donnent et l'abandonnent
à ceux qui les abreuvent et enivrent
et qui leur engraissent la panse
des biens d'autrui, de la substance d'autrui,
et qui peuvent être de parfaits hérétiques
en paroles et en actes,

Ou userier mal et divers,
Dont el sautier nous dit li vers
Qu'il sont ja dampné et perdu.
Or ai le sens trop esperdu
S'autres paradis porroit estre
Que cil qui est le roi celestre :
Quar a celui ont il failli,
Dont en la fin sont mal bailli ;
[Mais il croient ces ypocrites
Qui ont les enseignes escrites
Einz vizages d'estre preudoume,
Et il sont teil com je les noume.]

Qui porroit paradis avoir
Aprés la mort por son avoir,
Bon feroit embler et tolir.
Més il les convendra boillir
Ou puis d'enfer sanz ja reembre :
Tel mort doit l'en douter et criembre.
Bien sont or mort et awoglé,
Bien sont or fol et desjuglé
S'ainsi se cuident delivrer.
Au mains sera Diex au livrer
De paradis, qui que le vende.
Je ne cuit que sains Pieres rende
Ouan les clez de paradis :
Et il i metent dis et dis
Cels qui vivent d'autrui chaté !
Ne l'ont or bien cist achaté ?
S'on a paradis por si pou,
Je tieng por bareté saint Pou,
Et si tieng por fol et por nice
Saint Luc, saint Jaque de Galice
Qui s'en firent martirier,
Et saint Pierre crucefier ;
Bien pert qu'il ne furent pas sage

ou des prêteurs méchants et cruels,
dont les versets du psautier nous disent
qu'ils sont déjà damnés et perdus.
Me voici tout troublé
à l'idée qu'il pourrait y avoir un autre paradis
que celui du roi céleste,
car celui-ci, ils l'ont perdu,
eux qui, pour finir, sont mal lotis.
(Mais ils croient ces hypocrites
qui portent écrit sur le visage
qu'ils sont gens de bien,
alors qu'ils sont tels que je le dis.)
Si l'on pouvait avoir le paradis
après la mort, contre son argent,
il ferait bon voler et prendre.
Mais il leur faudra bouillir
au puits d'enfer, sans espoir de rédemption :
c'est cette mort qu'on doit craindre et redouter.
Ils sont aujourd'hui bien morts et aveuglés,
ils sont aujourd'hui bien fous et dupés
pour imaginer de s'en tirer ainsi.
C'est Dieu, à tout le moins, qui ouvrira
le paradis, si les autres le vendent.
Je ne crois pas que saint Pierre renonce
maintenant aux clefs du paradis,
et pourtant les frères y envoient par dizaines
ceux qui vivent du bien d'autrui !
Ceux-ci ne l'ont-ils pas bel et bien acheté ?
Si l'on a le paradis pour si peu,
j'affirme que saint Paul fut trompé,
j'affirme que saint Luc et saint Jacques de Galice
furent fous et sots
de s'être laissé martyriser,
et saint Pierre de s'être fait crucifier ;
il est évident qu'ils n'étaient pas sages,

Se paradis est d'avantage,
Et cil si rementi forment
Qui dist que paine ne torment
Ne sont pas digne de la grace
Que Diex par sa pitié nous face.
Or avez la premiere riegle
De cels qui ont guerpi le siecle.
   La seconde vous dirai gié.
Nostre prelat sont enragié,
Si sont decretistre et devin.
Je di por voir, non pas devin :
Qui por paor a mal se ploie
Et a malfetor se souploie
Et por amor verité lesse,
Qui a ces deux choses se plesse
Si maint bone vie en cest monde,
Qu'il a failli a la seconde !
   Je vi jadis, si com moi samble,
Vint et quatre prelas ensamble
Qui, par acort bon et leal
Et par conseil fin et feal,
Firent de l'Université,
Qui est en grant aversité,
Et des Jacobins bone acorde.
Jacobins rompirent la corde.
Ne fu lors bien nostre creance
Et nostre loi en grant balance,
Quant les prelaz de sainte Yglise
Desmentirent toz en tel guise ?
N'orent il lors assez vescu
Quant l'en lor fist des boches cu,
C'onques puis n'en firent clamor ?
Le preudomme de Saint Amor,
Por ce qu'il sermonoit le voir
Et le disoit par estovoir,

si le paradis est gratuit,
et celui-là, de son côté, a bien menti
en disant que ni peines ni tourments
ne suffisent pour obtenir la grâce
que Dieu, dans sa pitié, nous accorde.
Vous connaissez maintenant la première règle
de ceux qui ont abandonné le siècle.

Je vais vous dire la seconde.
Nos prélats sont fous à lier,
et aussi les canonistes et théologiens.
C'est la vérité vraie que je dis :
celui qui, par peur, plie devant le mal
et se soumet au méchant
et par complaisance renonce au vrai,
celui qui cède sur ces deux points,
qu'il mène une vie agréable en ce monde,
car il a déjà perdu l'autre !

Je vis un jour, à ce qu'il me semble,
vingt-quatre prélats rassemblés
qui, par un bon et loyal accord
et par un conseil prudent et sincère,
firent entre l'université,
en proie à l'adversité,
et les jacobins, une juste paix.
Les jacobins rompirent le lien.
Notre croyance et notre foi ne furent-elles pas
alors sérieusement compromises,
lorsqu'ils démentirent tous les prélats
de la sainte Eglise de cette manière ?
N'avaient-ils pas alors trop vécu,
puisqu'on les roula dans la farine,
sans qu'ensuite ils s'en plaignissent ?
Le saint homme de Saint-Amour,
parce qu'il prêchait la vérité
et se faisait un devoir de la dire,

Firent tantost semondre a Romme.
Quant la cort le trova preudomme,
Sanz mauvestié, sanz vilain cas,
Sainte Yglize, qui tel clerc as,
Quant tu le lessas escillier
Te peüs tu miex avillier ?
Et fu baniz sanz jugement.
Ou Cil qui a droit juge ment,
Ou encor en prendra venjance ;
Et si cuit bien que ja commance :
La fin du siecle est més prochiene.

Encor est ceste gent si chiene,
Quant un riche homme vont entor,
Seignor de chastel ou de tor,
Ou userier ou clerc trop riche
(Qu'il aiment miex grant pain que miche)
Si sont tuit seignor de leenz :
Ja n'enterront clerc ne lai enz
Qu'il nes truisent en la meson.
A ci granz seignors sanz reson !

Quant maladie ces genz prent
Et conscience les reprent
Et Anemis les haste fort,
Qui ja les voudroit trover mort,
Lors si metent lor testament
Sor cele gent que Diex ament :
Puis qu'il sont saisi et vestu,
La montance d'un seul festu
N'en donront ja puis por lor ame.
Ainsi requeut qui ainsi same.
Sanz avoir cure or ont l'avoir,
Et li curez n'en puet avoir,
S'a paine non, du pain por vivre
Ne achater un petit livre
Ou il puisse dire complies ;

ils le firent bientôt comparaître à Rome.
Vu que la Cour le jugea honnête,
sans méchanceté ni aucune faute,
sainte Eglise, toi qui as un tel clerc,
pour l'avoir laissé bannir,
pouvais-tu mieux te déshonorer,
d'autant qu'il fut banni sans jugement ?
Ou bien le juge équitable ment,
ou bien il en prendra vengeance un jour,
et je crois bien qu'elle arrive déjà :
la fin du monde est toute proche.

De plus, ces gens sont si canailles
que, lorsqu'ils fréquentent un riche,
seigneur d'un château ou d'une tour,
ou usurier ou clerc très riche
(car ils préfèrent un grand pain à une miche),
ils deviennent les maîtres de céans :
jamais n'y entreront clercs ni laïcs
sans les trouver sur les lieux.
Les voici grands seigneurs sans droit !

Quand la maladie prend ces gens
et que leur conscience les accuse
et que le diable les presse fort
dans son désir de les voir morts,
ils confient leur testament
à ces gens (Dieu leur pardonne !) :
une fois qu'ils ont en main leurs biens,
jamais ensuite ils ne donneront pour leur âme
le moindre petit centime.
On ne récolte que ce qu'on sème.
Sans en avoir la charge, ils en ont les biens ;
quant au curé, il n'en peut tirer,
sinon à grand-peine, du pain pour vivre,
ni de quoi acheter un petit livre
où il puisse lire ses complies ;

Et cil en ont pances emplies
Et bibles et sautiers glosez,
Que l'en voit cras et reposez.
Nus ne puet savoir lor couvaine,
Je n'en sai c'une seule vaine :
Il vuelent fere lor voloir,
Cui qu'en doie le cuer doloir.
Il ne lor chaut, més qu'il lor plese,
Qui qu'en ait paine ne mesese.

Quant chiés povre provoire vienent
(Ou pou sovent la voie tienent
S'il n'i a riviere ou vingnoble),
Lors sont si cointe et sont si noble
Qu'il samble que ce soient roi.
Or covient por els grant aroi,
Dont li povres hom est en trape.
S'il devoit engagier sa chape,
Si covient il autre viande
Que l'Escripture ne commande.
S'il ne sont peü sanz defaut,
Se li prestres de ce defaut,
Il ert tenuz a mauvés homme,
S'il valoit saint Piere de Romme.
Puis lor covient laver les james.

Or i a unes simples fames,
Qui ont envelopé les cols
Et sont barbees comme cols,
Qu'a ces saintes genz vont entor,
Qu'eles cuident au premier tor
Tolir saint Piere sa baillie ;
Et riche fame est mal baillie
Qui n'est de tel corroie çainte.
Qui est plus bele s'est plus sainte.
Je ne di pas que plus en facent,
Més il samble que pas nes hacent,

les autres en ont les panses bien pleines
et des bibles et des psautiers bien annotés,
on les voit dodus et frais.
Nul ne peut connaître leurs pensées,
je ne leur connais qu'une obsession :
ils veulent en faire à leur guise,
quelles que soient leurs victimes.
Peu leur importe, pourvu qu'ils aient du plaisir,
qu'on en souffre peine ou chagrin.
Quand ils vont chez un pauvre prêtre,
où ils se rendent peu souvent
s'il n'y a pas de rivière ni de vigne,
ils sont alors si élégants et si nobles
qu'ils semblent être des rois.
Il leur faut un grand faste
qui ruine le pauvre homme.
Dût-il engager sa cape,
il leur faut une autre nourriture
que celle qu'ordonne l'Ecriture.
S'ils ne sont pas rassasiés,
si le prêtre est en défaut,
on le prendra pour un triste sire,
même s'il valait saint Pierre de Rome.
Il faut ensuite leur laver les jambes.
Il est aujourd'hui de modestes femmes,
le cou tout enveloppé,
barbues comme des coqs,
qui suivent ces saintes gens,
car elles s'imaginent enlever
d'emblée le paradis ;
et une femme riche est à plaindre
si elle ne porte la ceinture à nœuds.
La plus belle, c'est la plus sainte.
Je ne dis pas qu'ils aillent plus loin,
mais ils ne semblent pas les haïr,

Et sains Bernars dist, ce me samble :
« Converser homme et fame ensamble
Sanz plus ouvrer selonc nature,
C'est vertu si nete et si pure,
Ce tesmoingne bien li escriz,
Com de Ladre fist Jhesuschriz ».
Or ne sai je ci sus qu'entendre :
Je voi si l'un vers l'autre tendre
Qu'en un chaperon a deus testes,
Et il ne sont angles ne bestes.

Amis se font de sainte Yglise
Por ce que en plus bele guise
Puissent sainte Yglise sozmetre ;
Et por ce nous dit ci la lettre :
« Nule dolor n'est plus fervant
Qu'ele est de l'anemi servant ».
Ne sai que plus briefment vous die :
Trop sons en pereilleuse vie.

Expliciunt les Regles.

et saint Bernard dit, je crois :
« Vivre ensemble entre homme et femme,
sans céder à la nature,
c'est manifester autant de force,
l'Ecriture l'atteste,
que Jésus-Christ avec Lazare. »
Maintenant je ne sais que penser :
je les vois l'un vers l'autre se pencher
si bien qu'il y a deux têtes sous un capuchon,
et pourtant ils ne sont ni anges ni bêtes.
Ils se prétendent les amis de la sainte Eglise,
afin de pouvoir mieux la soumettre
à leur seule volonté.
Et le texte nous dit à ce propos :
« Il n'est douleur plus cuisante
que celle de l'ennemi bienveillant. »
Je ne sais que vous dire en moins de mots :
nous sommes en grand danger.

Fin des *Règles des moines*.

CI ENCOUMENCE LA LECTIONS D'YPOCRISIE ET D'UMILITEI

Au tons que les cornoilles braient,
Qui por la froidure s'esmaient
Qui seur les cors lor vient errant,
Qu'eles vont ces noiz enterrant
Et s'en garnissent por l'iver,
Qu'en terre sunt entrei li ver
Qui s'en issirent por l'estei
(Si i ont por le tens estei
Et la froidure s'achemine),
En ce tens et en ce termine
Ou je beü a grant plantei
D'un vin que Dieux avoit plantei
La vignë et follei le vin.
Ce soir me geta si souvin
Que m'endormi eneslepas.
Mes esperiz ne dormi pas,
Ansois chemina toute nuit.
Or escouteiz, ne vos anuit,
Si orroiz qu'il m'avint en songe,
Qui puis ne fu mie mensonge.

Ce soir ne fui point esperiz,
Ainz chemina mes esperiz

LE DIT D'HYPOCRISIE

Au temps où crient les corneilles, saisies par le froid qui se précipite sur elles, et où elles enterrent les noix dont elles s'approvisionnent pour l'hiver, au temps où sont rentrés dans la terre les vers que l'été avait fait sortir à cause de la douceur du temps, quand arrive le froid, en ce temps et à cette époque, j'avais bu en grande quantité d'un vin si bon que Dieu en avait lui-même planté la vigne et foulé le raisin. Ce soir-là, ce vin me fit me mettre au lit si bien que je m'endormis sur-le-champ. Mais mon esprit ne dormit pas, il voyagea toute la nuit. Ecoutez donc, je vous prie, et vous entendrez ce qui m'arriva en rêve et qui depuis se trouva vérifié.

Ce soir-là, dans mon sommeil, mon esprit voyagea par maints lieux et par maints pays. C'est dans une grande cité,

Par mainz leuz et par mainz paÿs.
En une grant citei laÿz
Me sembla que je m'arestoie,
Car trop forment lasseiz estoie
Et c'estoit grant piece aprés nonne.
Uns preudons vint, si m'abandone
Son hosteil por moi habergier,
Qui ne cembloit mie bergier,
Ainz fu cortois et debonaires ;
El païs n'a de teil gent gaires,
Et si vos di trestot sans guile
Qu'il n'estoit mie de la vile
Ne n'i avoit ancor estei
C'une partie de l'estei.
Cil m'en mena en sa maison,
Si vos di bien c'onques mais hom
Lasseiz ne fu si bien venuz.
Moult fui ameiz et chier tenuz
Et honoreiz par le preudoume ;
Et il m'enquist : « Coument vos noume
La gent de votre conissance ? »
— « Sire, sachiez bien sans doutance
Que hom m'apele Rutebuef,
Qui est dit de « *rude* » et de « *buef* ».
— « Rutebuef, biaux tres doulz amis,
Puis que Dieux saians vos a mis,
Moult sui liez de votre venue.
Mainte parole avons tenue
De vos, c'onques mais ne veïmes,
Et de voz diz et de voz rimes
Que chacuns deüst conjoïr ;
Mais li coars nes daingne oïr
Por ce que trop i at de voir.
Par ce poeiz aparsouvoir
Et par les rimes que vos dites

au loin, me sembla-t-il, que je m'arrêtai, épuisé, et il était tard dans la soirée. Survint un brave homme qui offrit de m'héberger dans sa maison. Il n'avait rien d'un rustre, mais il était courtois et noble. Dans le pays, les gens comme lui étaient rares ; et je vous dis sans aucune tromperie qu'il n'était pas originaire de la ville et qu'il y résidait depuis seulement une partie de l'été. Il m'emmena dans sa maison. Je puis vous affirmer que jamais homme fatigué ne fut si bien accueilli. Je fus entouré de multiples attentions et honneurs par le brave homme qui me demanda : « Comment vous nomment les gens qui vous connaissent ?

— Seigneur, je vais vous le dire sans ambages : on m'appelle Rutebeuf, nom composé de *rude* et de *bœuf*.

— Rutebeuf, mon très cher ami, du moment que Dieu vous a conduit en ce lieu, je suis fort heureux de votre venue. Nous avons beaucoup parlé de vous — sans vous connaître —, de vos poèmes et de vos vers, dont chacun devrait faire sa délectation. Mais les poltrons ne daignent pas les écouter, parce qu'ils contiennent trop de vérité. Par ce fait vous pouvez reconnaître — et par les vers que vous

Qui plus doute Dieu qu'ypocrites :
Car qui plus ypocrites doute
En redoutant vos dis escoute,
Se n'est en secreit ou en chambre.
Et par ce me souvient et membre
De ceulz qu'a Dieu vindrent de nuiz,
Qui redoutoient les anuiz
De ceulz qui en croix mis l'avoient,
Que felons et crueulz savoient.
Et si ra il une autre gent
A cui il n'est ne biau ne gent
Qu'il les oent, ses oent il :
Ce sunt cil qui sunt doble ostil ;
Celx resemble li besaguz :
De deus pars trenche et est aguz ;
Et cil vuelent servir a riegle
Et ypocrisie et le siecle.
Si ra de teilz cui il ne chaut
S'ypocrite ont ne froit ne chaut
Ne s'il ont ne corroz ne ire :
Cil vos escoutent bien a dire
La veritei trestoute plainne,
Qu'il plaidoient de teste sainne. »

Ne seroit ci pas li redeimes
Des paroles que nos deïmes
Conteiz a petit de sejour.
Ainsinc envoiames le jour
Tant qu'il fut tanz de table metre,
Car bien s'en savoit entremetre
Mes hostes de parleir a moi
Sans enquerre ne ce ne quoi.
Les mains lavames por soupeir ;
[Mes bons hostes me fist soper]
Et me fist seoir a sa coste :

dites — qui craint plus Dieu que les hypocrites, car celui qui craint plus les hypocrites écoute vos poèmes avec crainte, à moins d'être dans le secret d'une chambre. Cette attitude me rappelle les gens qui vinrent voir Dieu de nuit, parce qu'ils craignaient des désagréments de la part de ceux qui l'avaient mis en croix, et qu'ils savaient félons et cruels. Et il y a une autre espèce de gens qui n'éprouvent aucun plaisir ni aucun agrément à entendre vos vers, bien qu'ils les entendent : ce sont ceux qui ont deux cordes à leur arc, semblables à la besaiguë, tranchante d'un côté, pointue de l'autre. Ils veulent, dans un ordre religieux, servir l'hypocrisie et le monde. Mais il existe des personnes qui se moquent que les hypocrites aient chaud ou froid, qu'ils éprouvent dépit et colère : ces gens-là se plaisent à vous entendre dire toute la vérité qu'ils défendent en connaissance de cause. »

Il serait impossible de rapporter ici, sans prendre beaucoup de temps, le centième des propos que nous tînmes. C'est ainsi que nous passâmes le temps si bien qu'arriva le moment de dresser la table : mon hôte connaissait l'art de s'entretenir avec moi sans me demander quoi que ce fût. Nous nous lavâmes les mains pour le repas, et mon hôte me

Hom puet bien faillir a teil hoste.
[Et delez moi s'asist sa mere
Qui n'estoit vilaine n'amere.]

Ne vos vuel faire longue fable :
Bien fumes servi a la table,
Asseiz beümes et manjames.
Aprés mangier les mains lavames,
S'alames esbatre el prael.
J'enquis au preudome loiel
Coument il estoit apeleiz,
Que ses nons ne me fust celeiz ;
Et il me dist : « J'ai non Cortois,
Mais ne me prisent un nantois
La gens de ceste region,
Ainz sui en grant confusion,
Que chacuns d'eulz me moustre au doi
Si que ne sai que faire doi.
Ma mere ra non Cortoisie,
Qui bien est mais en cort teisie ;
Et ma fame a non Bele Chiere,
Que sorvenant avoient chiere,
Et li estrange et li privei,
Quant il estoient arivei.
Mais cist l'ocistrent au venir
Tantost qu'il la porent tenir.
Qui bele chiere vuet avoir
Il l'achate de son avoir.
Il n'ainment joie ne deduit :
Qui lor done si les deduit
Et les solace et les deporte.
Nuns povres n'i pasce la porte
Qui ne puet doneir sanz prometre.
Qui n'a asseiz la main ou metre
N'atende pas qu'il fasse choze

fit dîner, assis à côté de lui. On ne rencontre pas souvent un tel hôte. Près de moi s'assit sa mère qui n'était ni rustre ni bourrue.

Je ne veux pas m'attarder : les mets abondaient sur la table, et nous bûmes et mangeâmes à notre gré. Le repas fini, nous nous lavâmes les mains et allâmes nous détendre dans le pré. Je demandai à mon loyal compagnon comment on l'appelait afin que son identité me fût connue. Il me répondit :

« Je m'appelle Courtois, mais les gens de cette région ne me manifestent pas la moindre estime ; je suis accablé de honte, car chacun d'eux se moque de moi, si bien que je ne sais que faire. Quant à ma mère, nommée Courtoisie, elle n'a plus désormais sa place à la cour. Ma femme s'appelle Bon Accueil ; elle faisait la joie des visiteurs, étrangers et familiers, une fois qu'ils étaient arrivés. Mais ceux de Rome la tuèrent à sa venue, aussitôt qu'ils purent la tenir entre leurs mains. Veut-on être bien accueilli ? Il faut l'acheter de ses deniers. Ils n'aiment ni la joie ni le divertissement : seuls, les dons les égaient, les divertissent et les amusent. Aucun pauvre n'y pénètre s'il ne peut effectivement donner quelque chose. Quand on n'a pas de quoi dans sa bourse, il

Dont biens li veingne a la parcloze,
Ainz s'en revoit en son païs,
Que dou venir fu folz naïz.

En ceste vile a une court ;
Nul leu teil droiture ne court
Com ele court a la court ci ;
Car tuit li droit sont acourci
Et droiture adés i acourte.
Se petite iere, or est plus courte
Et toz jors mais acourtira,
Ce sache cil qu'a court ira.
Et teiz sa droiture i achate
Qui n'en porte chaton ne chate,
[Si l'a chierement acheté
De son cors et de son cheté,]
Et avoit droit quant il la vint,
Mais au venir li mesavint ;
Car sa droiture ert en son coffre,
Si fu pilliez en roi di coffre.
Sachiez de la court de laienz,
Que il n'i a clerc ne lai enz,
Se vos voleiz ne plus ne mains,
Qu'avant ne vos regart au mains.
Se vos aveiz, vos averoiz ;
Se vos n'aveiz, vos i feroiz
Autant com l'oie seur la glace,
Fors tant que vos avreiz espace
De vos moqueir et escharnir.
De ce vos vuel je bien garnir,
Car la terre est de teil meniere
Que touz povres fait laide chiere.
Mains raüngent et vuident borces
Et faillent quant elz sont rebources,
Ne ne vuelent nelui entendre

ne faut pas penser obtenir, au bout du compte, un bon résultat, mais on est contraint de retourner dans son pays qu'il était insensé de quitter.

« En cette ville, il y a une cour, régie par une législation très particulière, car tous les droits sont amputés et la justice ne cesse de décliner. Elle n'était déjà pas puissante, mais maintenant elle l'est encore moins, et elle ira toujours en déclinant. Voilà la vérité que doit savoir le futur courtisan. Et tel y achète son droit sans emporter quoi que ce soit, bien qu'il fût dans son bon droit quand il vint à la cour ; mais sa venue lui a causé du tort, car son bon droit était dans son coffre, qui fut épuisé par ses largesses. Sachez que là-bas, à la cour, il n'est ni clerc ni laïc qui, si vous voulez quelque chose, ne vous regarde d'abord les mains. Si vous avez, vous aurez ; si vous n'avez rien, vous n'obtiendrez pas plus que l'oie glissant sur la glace, à cette différence près que vous donnerez prétexte à être longuement moqué et vilipendé. C'est contre cela que je veux vous mettre en garde, car la terre de Rome est ainsi faite que tous les pauvres y font triste figure. On y ronge les mains, on y vide les bourses ; et, quand celles-ci sont plates, on vous abandonne. On ne veut

S'il n'i pueent rungier et prendre,
Car de « reüngent mains » est dite
La citeiz, qui n'est pas petite.
Teiz i va riches et rians
Qui s'en vient povres mendianz.
Laianz vendent, je vos afi,
Le patrimoinne au Crucefi
A boens deniers sés et contans;
Si lor est a pou dou contanz
Et de la perde que cil ait
Qui puis en a et honte et lait.
Qui l'achate ainz qu'il soit delivres,
Rutebuez dit que cil est yvres
Quant il achate chat en sac,
S'avient, puis que hon dit « eschac »
De folie matee en l'angle,
Que hon n'at cure de sa jangle.

Avarice est de la cort dame,
A cui il sunt de cors et d'arme;
Et cele en doit par droit dame estre,
Qu'il sunt estrait de son ancestre;
Et ele est dou mieulz de la vile
(Ne cuidiez pas que ce soit guile)
Car ele en est nee et estraite,
Et Covoitise la seurfaite
Qui est sa couzine germainne.
Par ces deus se conduit et mainne
Toute la cours entierement,
Sel compeire trop chierement
Sainte Eglize par mainte fois,
Et si em empire la foiz,
Car teiz i va boens crestiens
Qui s'en vient fauz farisiens. »

écouter personne, si l'on ne peut y ronger et y prendre car *Rongemains* est le surnom de cette cité immense. Tel s'y rend riche et gai qui s'en retourne pauvre mendiant. En ce lieu-là, ils vendent, je vous l'affirme, le patrimoine du Crucifié contre de bons deniers payés comptant, sans se soucier de l'embarras ni de la perte que subit l'acheteur qui en éprouve ensuite honte et préjudice. Pour acheter ce patrimoine sans qu'il soit libre de tout empêchement, il faut, selon Rutebeuf, être ivre, puisque c'est acheter les yeux fermés ; et il arrive, une fois que l'on dit « échec » d'un joueur maté en l'angle, que l'on ne tienne pas compte de ses récriminations.

« Avarice est la suzeraine de la cour, à qui les habitants de Rome appartiennent corps et âme. Il est bien normal qu'elle soit leur suzeraine, car ils descendent tous d'elle. Dans la ville, elle tient le haut du pavé (c'est la pure vérité), car elle en est originaire, ainsi que Convoitise l'arrogante qui est sa cousine germaine. A elles deux, elles dirigent et conduisent toute la cour sans exception, plus d'une fois au grand détriment de notre sainte mère l'Eglise, et la foi en dégénère, car tel va à Rome bon chrétien qui s'en retourne hypocrite pharisien. »

Quant il m'ot asseiz racontei
De ces gens qui sunt sanz bontei,
Je demandai qui est li sires,
Se c'est roiauteiz ou empires ;
Et il me respont sans desroi :
« N'i a empereor ne roi
Ne seigneur, qu'il est trespasseiz ;
Mais atendans i a asseiz
Qui beent a la seignorie.
Vainne Gloire et Ypocrisie
Et Avarice et Covoitize
Cuident bien avoir la justise,
Car la terre remaint san oir
Si la cuide chacuns avoir.
D'autre part est Humiliteiz
Et Bone Foiz et Chariteiz
Et Loiauteiz ; cil sont a destre
Qui deüssent estre li mestre ;
Et cil les vuelent maitroier
Qui ne se vuelent otroier
A faire seigneur se n'est d'eux,
Si seroit damages et deulz.
Cil s'asemblent asseiz souvent
Et en chapitre et en couvant ;
Asseiz dient, mais il font pou.
N'i a saint Pere ne saint Pou,
S'est ce auques de lor afaire ;
Mais orendroit n'en ont que faire. »

Je vox savoir de lor couvainne
Et enquerre la maitre vainne
De lor afaire et de lor estre,
Liqueiz d'eulz porroit sires estre ;
Et vi qu'a ceste vesteüre
N'avroie pain n'endosseüre.

Après qu'il m'eut abondamment parlé de ces gens qui sont dépourvus de toute qualité, je lui demandai qui en était le seigneur, si c'était une royauté ou un empire. Il me répondit sans difficulté :

« Il n'y a plus ni empereur, ni roi, ni seigneur ; mais il y a de nombreux prétendants à la seigneurie. Vaine Gloire et Hypocrisie et Avarice et Convoitise comptent bien obtenir le gouvernement, car la terre demeure sans héritier, si bien que chacun espère en hériter. En face, il y a Humilité, Bonne Foi, Charité et Loyauté, reléguées au second rang, alors qu'elles devraient être les maîtresses ; et les autres veulent les dominer, se refusant à accepter un seigneur autre qu'eux-mêmes, ce qui serait déplorable et affligeant. Très souvent ils se réunissent en chapitre et en assemblée, parlant beaucoup mais agissant peu. Il n'y a plus de saint Pierre ni de saint Paul, bien que ce soit un peu leur affaire que d'élire un seigneur. Mais, pour le moment, ils ne s'en préoccupent pas. »

Je voulus connaître leur manière d'agir et m'informer de l'essentiel de leur condition et de leur nature pour savoir qui d'entre eux pourrait devenir leur seigneur. Me rendant compte qu'avec le vêtement que je portais, je n'obtiendrais ni nourriture ni habit, je pris huit aunes d'une étoffe de

Uit aunes d'un camelin pris,
Brunet et groz, d'un povre pris,
Dont pas ne fui a grant escot,
S'en fis faire cote et sorcot
Et une houce grant et large,
Forree d'une noire sarge ;
Li sorcoz fu a noire panne.
Lors ou ge bien trovei la manne,
Car bien sou faire le marmite
Si que je resembloie hermite
Celui qui m'esgardoit defors :
Mais autre cuer avoit ou cors.

Ypocrisie me resut,
Qui trop durement se desut ;
Car ses secreiz et ses afaires,
Por ce que je fui ses notaires,
Sou touz, et quanqu'ele pensoit
Sor ce que vos orroiz ensoit.
Ele vout faire son voloir,
Cui qu'en doie li cuers doloir :
Ne puet chaloir, mais qu'il li plaise,
Qui qu'en ait poinne ne mesaise.
Vins et viandes vuet avoir,
S'om les puet troveir por avoir,
Juqu'a refoule Marion,
Et non d'ameir religion,
Et de toutes vertuz ameir ;
S'a en li tant fiel et ameir
Qu'il n'est nuns hom qui li mefface
Qui jamais puist avoir sa grace.
C'est li glasons qui ne puet fondre ;
Chacun jor le vodroit confondre,
Se chacun jor pooit revivre.
Ours ne lyons, serpent ne wyvre

camelin, brun, grossier, peu cher, qui ne me coûta pas beaucoup d'argent ; j'en fis faire une tunique et un surcot ainsi qu'une robe ample et longue, doublée de serge noire, tandis que le surcot comportait lui aussi une doublure noire. Quel trésor j'avais alors trouvé, car je sus si bien faire l'hypocrite que je ressemblais à un ermite pour celui qui ne regardait que l'extérieur, alors que mon cœur était bien différent !

Je fus reçu par Hypocrisie qui se trompa lourdement, car ses secrets et ses sentiments me furent tous connus, à moi son notaire, ainsi que le fond de sa pensée sur ce que vous allez entendre. Elle voulait faire ses volontés sans se soucier de ceux qui en pâtiraient : peu lui importaient, pourvu qu'elle obtînt tout, la peine et le malheur d'autrui. Si on peut en trouver à acheter, elle veut des vins et de la nourriture, jusqu'à s'en gorger ; elle veut aussi la réputation de suivre la règle religieuse et de pratiquer toutes les vertus, alors que son cœur est rempli de tant de fiel et d'amertume qu'aucun homme, s'il lui cause du tort, ne peut jamais obtenir son pardon. Véritable glace qui jamais ne fond, elle voudrait détruire chaque jour son ennemi, si celui-ci avait la possibilité de ressusciter chaque jour. Ours, lions, serpents

N'ont tant de cruautei encemble
Com ele seule, ce me cemble.
Se vous saveiz raison entendre
C'est li charbons desoz la cendre
Qui est plus chauz que cil qui flame.
Aprés si vuet que hons ne fame
Ne soit oïz ne entenduz
Se il ne s'est a li renduz ;
Puis qu'il est armeiz de ses armes
Et il puet lair ploreir deus larmes
Ou faire cemblant dou ploreir,
Il n'i a fors de l'aoreir :
Guerroier puet Dieu et le monde,
Que nuns n'est teiz qu'il li responde.

Teil aventage ont ypocrite
Quant il ont la parole dite
Que il vuelent estre creü ;
Et ce c'onques ne fu veü
Vuellent il tesmoignier a voir.
Qui porroit teil eür avoir
Con de lui loeir et prisier,
Il s'en feroit boen desguisier
Et vestir robe senz coleur,
Ou il n'a froit n'autre doleur,
Large robe, solers forreiz ;
Et quant il est bien afeutreiz,
Si doute autant froit comme chaut
Ne de povre home ne li chaut,
Qu'il cuide avoir Dieu baudement
Ou cors tenir tot chaudement.

Tant a Ypocrisie ovrei
Que grant partie a recovrei
En cele terre dont je vin.

et vipères n'ont pas à eux tous autant de cruauté qu'elle seule, je crois. Si vous comprenez bien, elle est le charbon qui, sous la cendre, est plus ardent que celui qui donne des flammes. Ensuite, elle impose que personne ne soit entendu ni écouté, à moins de s'être rangé de son parti ; mais du moment que l'on porte ses armes et que l'on peut verser deux larmes ou faire semblant de pleurer, tout le monde vous adore : on peut déclarer la guerre à Dieu et au monde, car personne n'est capable de lui résister.

Voilà l'avantage des hypocrites, quand ils ont prononcé les propos dont ils veulent être crus ; et même de ce que jamais on n'a vu, ils veulent attester la vérité. Si l'on avait la chance d'être satisfait de soi-même, il serait utile de s'en cacher et de revêtir une robe de ton neutre, qui toutefois vous protège du froid et des autres intempéries — une robe ample et des souliers fourrés, et quand on est bien équipé, on ne craint pas plus le froid que la chaleur, sans se préoccuper des pauvres, car on s'imagine gagner facilement le paradis en tenant son corps bien au chaud.

Hypocrisie a tant fait qu'elle s'est rendue maîtresse d'une grande partie de mon pays d'origine. De grands docteurs en

Grant decretistre, grant devin
Sont, a la court, de sa maignie.
Bien est la choze desreignie
Qu'ele avoit a election
La greigneur congregacion,
Et di por voir, non pas devine,
Se la choze alast par crutine
Qu'ele enportast la seignerie,
Ne n'estoit pas espoerie.

Mais Dieux regarda au damage
Qui venist a l'umain linage
S'Yprocrisie a ce venist
Et se si grant choze tenist.
Que vos iroië aloignant
Ne mes paroles porloignant ?
Li uns ne pot l'autre soffrir,
Si se pristrent a entr'offrir
L'uns a l'autre Cortois mon oste :
Chacuns le vuet, nuns ne s'en oste.
Lors si fu Cortois esleüz
Et je fui de joie esmeüz,
Si m'esvoillai inelepas
Et si ou tost passeiz les pas
Et les mons de Mongieu sanz noif.
Ce ne vos més je pas en noi
Qu'il n'i eüst moult de paroles
Ainz que Cortois fust apostoles.

Explicit.

droit, de grands théologiens, en cour de Rome, appartiennent à sa suite. Et l'affaire était ainsi engagée qu'elle disposait, pour une élection, du plus grand nombre de voix, et j'affirme en connaissance de cause que, si l'on avait procédé à un vote, elle aurait obtenu la seigneurie, elle n'éprouvait pas de doute à ce sujet.

Mais Dieu considéra le dommage qu'aurait subi le genre humain, si Hypocrisie avait réussi dans son entreprise et disposé d'une telle puissance. A quoi bon allonger mon discours et prolonger mes propos ? Ils ne pouvaient pas se souffrir les uns les autres ; aussi commencèrent-ils à proposer à leurs suffrages mon hôte Courtois. Tous l'acceptèrent avec une belle unanimité. C'est ainsi que fut élu Courtois à ma plus grande joie, en sorte que je me réveillai aussitôt et que j'eus bientôt repassé les cols et les sommets des Alpes sans rencontrer de neige. Mais je n'affirmerais pas que l'on n'ait beaucoup parlé avant que Courtois ne devînt pape.

Fin.

DES ORDRES

I

Du siecle vueil chanter
Que je voi enchanter ;
Tels vens porra venter
Qu'il n'ira mie ainsi.
Papelart et beguin
Ont le siecle honi.

II

Tant d'Ordres avons ja
Ne sai qui les sonja :
Ainz Diex tels genz n'onja
N'il ne sont si ami.
Papelart et beguin
Ont le siecle honi.

III

Frere Predicator
Sont de moult simple ator
Et s'ont en lor destor,
Sachiez, maint parisi.

LA CHANSON DES ORDRES

I

Je veux chanter de ce monde
que je vois ensorcelé.
Il pourra souffler un tel vent
qu'il n'en ira plus ainsi.
Bigots et dévots
ont déshonoré le monde.

II

Nous avons déjà tant d'ordres
que je ne sais qui les imagina :
jamais Dieu ne fréquenta de tels gens,
ce ne sont pas ses amis.
Bigots et dévots
ont déshonoré le monde.

III

Les frères prêcheurs
sont de mise très modeste,
mais ils ont en leur cachette,
sachez-le, plus d'un parisi.

Papelart et beguin
Ont le siecle honi.

IV

Et li Frere Menu
Nous ont si pres tenu
Que il ont retenu
De l'avoir atressi.
Papelart et beguin
Ont le siecle honi.

V

Qui ces deus n'obeïst
Et qui ne lor gehist
Quanqu'il onques feïst,
Tels bougres ne nasqui.
Papelart et beguin
Ont le siecle honi.

VI

Assez dient de bien,
Ne sai s'il en font rien ;
Qui lor done du sien,
Tel preudomme ne vi.
Papelart et beguin
Ont le siecle honi.

VII

Cil de la Trinité
Ont grant fraternité ;
Bien se sont aquité :

Bigots et dévots
ont déshonoré le monde.

IV

Et les frères menus
nous ont si pressurés
qu'ils ont en réserve
tout autant d'argent.
Bigots et dévots
ont déshonoré le monde.

V

Si l'on n'obéit pas à ces deux ordres,
si on ne leur confesse pas
tout ce qu'on a pu faire,
il n'y eut jamais pire hérétique.
Bigots et dévots
ont déshonoré le monde.

VI

Dans leurs paroles ils sont très bons
mais je ne sais s'ils le sont en actes ;
celui qui leur donne de ses biens,
c'est à mes yeux le meilleur homme.
Bigots et dévots
ont déshonoré le monde.

VII

Les frères de la Trinité
forment une grande famille ;
ils se sont bien débrouillés :

D'asnes ont fet ronci.
Papelart et beguin
Ont le siecle honi.

VIII

Et li Frere Barré
Resont cras et quarré ;
Ne sont pas enserré :
Je les vi mercredi.
Papelart et beguin
Ont le siecle honi.

IX

Nostre Frere Sachier
Ont luminon fet chier ;
Chascuns samble vachier
Qui ist de son mesni.
Papelart et beguin
Ont le siecle honi.

X

Set vins Filles ou plus
A li rois en reclus ;
Onques més quens ne dus
Tant n'en congenuï.
Papelart et beguin
Ont le siecle honi.

XI

Beguines avons mont
Qui larges robes ont ;

leurs ânes sont devenus des chevaux.
Bigots et dévots
ont déshonoré le monde.

VIII

Quant aux frères Barrés,
ils sont gros et ronds ;
ils ne sont pas cloîtrés :
je les ai vus mercredi.
Bigots et dévots
ont déshonoré le monde.

IX

De nos frères Sachets
le lumignon revient cher ;
ce sont de véritables vachers
qui sortent de leur maison.
Bigots et dévots
ont déshonoré le monde.

X

C'est cent quarante filles ou plus
que le roi a enfermées ;
jamais comte ni duc
n'en a engendré autant.
Bigots et dévots
ont déshonoré le monde.

XI

Nous avons beaucoup de béguines
qui ont de larges robes ;

Desouz les robes font
Ce que pas ne vous di.
Papelart et beguin
Ont le siecle honi.

XII

L'Ordre des Nonvoianz,
Tels Ordre est bien noianz ;
Il tastent par leanz :
« Quant venistes vous ci ? »
Papelart et beguin
Ont le siecle honi.

XIII

Li Frere Guillemin,
Li autre Frere hermin,
M'amor lor atermin :
Jes amerai mardi.
Papelart et beguin
Ont le siecle honi.

Expliciunt les Ordres.

sous leurs robes elles font
ce que je refuse de vous dire.
Bigots et dévots
ont déshonoré le monde.

XII

Pour l'ordre des Non-Voyants
c'est moins que rien ;
ils tâtonnent de tous côtés :
« Quand êtes-vous venus ici ? »
Bigots et dévots
ont déshonoré le monde.

XIII

Les frères Guillemins
et tous les Arméniens,
je les renvoie à un autre jour :
je les aimerai mardi.
Bigots et dévots
ont déshonoré le monde.

Fin de *La Chanson des ordres*.

CI ENCOUMENCE LI DIZ DES BEGUINES

I

En riens que Beguine die
N'entendeiz tuit se bien non :
Tot est de religion
Quanque hon trueve en sa vie.
Sa parole est prophetie ;
S'ele rit, c'est compaignie ;
S'el pleure, devocion ;
S'ele dort, ele est ravie ;
S'el songe, c'est vision ;
S'ele ment, nou creeiz mie.

II

Se Beguine se marie,
C'est sa conversacion :
Ses veulz, sa prophecion
N'est pas a toute sa vie.
Cest an pleure et cest an prie,
Et cest an panrra baron :
Or est Marthe, or est Marie,

LE DIT DES BÉGUINES

I

Dans tous les propos d'une béguine,
il ne faut voir que du bien :
tout ce qu'on trouve en sa vie
est conforme à la règle.
Ce qu'elle dit est prophétie ;
si elle rit, c'est qu'elle est sociable ;
si elle pleure, c'est par dévotion ;
si elle dort, elle est en extase ;
si elle songe, elle a une vision ;
si elle ment, il ne faut pas le croire.

II

Si une béguine se marie,
c'est son genre de vie qui le veut :
les vœux qu'elle a prononcés
ne sont pas faits pour toute la vie.
Cette année, elle pleure et prie,
l'année suivante, elle prendra un époux :
tantôt Marthe, tantôt Marie,

Or se garde, or se marie ;
Mais n'en dites se bien non :
Li roix non sofferroit mie.

Explicit.

tantôt elle est chaste, tantôt elle se marie ;
mais n'allez pas en dire du mal :
le roi ne le tolérerait pas.

Fin.

DOSSIER

ESSAI DE CHRONOLOGIE

Il est très difficile, sinon impossible, d'établir la chronologie des œuvres de Rutebeuf. En voici une, qui n'est que vraisemblable et que nous devons tant à Michel-Marie Dufeil, auteur d'un beau livre sur *Guillaume de Saint-Amour et la polémique universitaire parisienne (1250-1259)*, qu'à Edmond Faral et Julia Bastin, les savants éditeurs des *Œuvres complètes* de Rutebeuf (voir bibliographie).

1249. Dans *Le Dit des cordeliers,* Rutebeuf défend les franciscains de Troyes contre le clergé séculier qui s'oppose au transfert de leur couvent vers le centre de la ville.

Hiver 1254-1255. Rutebeuf, qui a changé de camp, attaque maintenant les moines mendiants dans *La Discorde de l'université et des jacobins,* à propos de la seconde chaire universitaire que veulent obtenir les dominicains ; il met en vers le manifeste que les maîtres parisiens avaient publié le 4 février 1254.

1257. Après l'échec de Guillaume de Saint-Amour, la violence verbale se déchaîne contre les moines mendiants : Rutebeuf, qui traduit en français les œuvres latines de son maître, écrit *Le Pharisien* (mars) et *Le Dit de Guillaume de Saint-Amour* (octobre), composé sous le choc des premières nouvelles du bannissement de Guillaume, parvenues à Paris à la fin d'août. Ce dernier est bientôt isolé : « Seule, la grande et sympathique voix de Rutebeuf, dans la nuit, en berce la désolation » (M.-M. Dufeil).

Printemps 1258. Dans le désarroi et le silence de l'université, Rutebeuf, par *La Complainte de Guillaume de Saint-Amour,* dénonce les monstres apocalyptiques et les faux prophètes.

1259. Même si Guillaume de Saint-Amour est peu à peu oublié, Rutebeuf s'entête et écrit *Les Règles des moines,* où il compare les moines mendiants à Renart, *Le Dit de sainte Eglise* et *La Bataille des vices contre les vertus.*

1260. Dans *Les Ordres de Paris,* il dénonce l'encerclement de Paris par de nombreux couvents.

Fin 1261. Il stigmatise, dans *Les Métamorphoses de Renart,* le roi saint Louis et son entourage de moines mendiants ; il célèbre l'élection du pape Urbain IV, tout en critiquant la cour de Rome, dans *Le Dit d'Hypocrisie.*

1262. Rutebeuf, qui avait déjà composé *La Complainte de monseigneur Geoffroi de Sergines* (1255-1256), revient à la chanson de croisade dans *La Complainte de Constantinople,* mais il continue à attaquer les moines mendiants dans ce poème, comme dans le fabliau de *Frère Denise* et dans *La Chanson des ordres.*

Entre 1262 et 1265. Guillaume de Saint-Amour demeure exilé, Rutebeuf est victime de l'ostracisme du roi, des grands et de l'Eglise : il écrit la plupart des *Poèmes de l'infortune,* se réfugie dans la dévotion courtoise (poèmes à Notre-Dame, *La Vie de sainte Marie l'Egyptienne, Le Sacristain et la femme au chevalier, La Voie de paradis*), il fait peut-être le bilan de sa vie dans *Le Miracle de Théophile.*

Après 1265. Il écrit *La Pauvreté de Rutebeuf* et *Le Repentir de Rutebeuf,* mais surtout des chansons de croisade : *La Chanson de Pouille* (1265), *La Complainte d'outremer* (1266), *La Complainte du comte Eudes de Nevers* (fin 1266), *La Croisade de Tunis* (seconde moitié de 1267), *Le Débat du croisé et du décroisé* (1268-1269), *La Complainte du roi de Navarre* et *La Complainte du comte de Poitiers* (1271), la *Nouvelle complainte d'outremer* (1277).

UN MONDE EN CRISE

La poésie de Rutebeuf se comprendrait mal si l'on ne savait que la seconde moitié du XIIIe siècle fut une période de conflits, de crises et d'incertitudes.

L'Eglise romaine passe par des moments difficiles, son autorité décline sur les rois et sur les clercs. Les élections des papes sont souvent longues : Urbain IV, né à Troyes, donc Champenois comme Rutebeuf, fut élu le 29 août 1261, trois longs mois après la mort de son prédécesseur Alexandre IV, élection évoquée dans *Le Dit d'Hypocrisie*. Grégoire X ne fut élu, le 1er septembre 1271, qu'après deux ans et dix mois de délibérations, après que les habitants de Viterbe, exaspérés, eurent arraché le toit du palais.

Dans le même temps, « la réalité, en 1250, c'était l'Etat laïque et sa jeune armée de fonctionnaires, ardents à défendre les prérogatives d'un maître dont l'autorité faisait leur propre prestige... Saint Louis, lui-même, prêt à servir le Christ mais non l'évêque de Rome, et qui défendit Frédéric II, soutenait ses vassaux contre les empiétements de la juridiction d'Eglise [1] ».

Des signes annoncent une profonde transformation : achèvement des grands travaux à la Sainte Chapelle en 1248, à Notre-Dame en 1250, à Amiens en 1269, à Reims, pour la grande sculpture, en 1260 ; prédication de Joachim de Flore (1148-1202) qui annonce pour 1260 l'avènement du troisième âge de l'humanité, la venue du règne de l'Esprit après ceux du Père et du Fils, l'établissement de l'Evangile éternel annoncé par l'Apocalypse : le peuple de Dieu accéderait dans la joie à la pauvreté totale, sans qu'il ait besoin d'Eglise, puisque le genre humain, composé de moines et de saints,

1. Georges Duby, *Le Temps des cathédrales. L'art et la société (980-1420)*, Paris, Gallimard, 1976, p. 197.

formerait une Eglise nouvelle, purifiée, spirituelle. Pour certains, François d'Assise (mort en 1226) était le précurseur de ce temps de lumière, et le franciscain Gérard de Borgo San Donnino commentait l'œuvre de Joachim, suscitant contre lui le traité de Guillaume de Saint-Amour sur les *Périls des temps nouveaux* (1254), où sont attaqués les moines mendiants et leur protecteur, le pape, traité qui lui valut d'être condamné en 1257.

Le monde réagit contre la tutelle de Rome qui n'avait pas donné de successeur à Frédéric II pour être seule à la tête du monde, et qui s'arroge un pouvoir illimité sous le prétexte du péril hérétique : Innocent IV autorise, en 1252, les inquisiteurs à utiliser la torture, bien que le catharisme eût été extirpé. Aussi accuse-t-on l'Eglise de ne servir que ses intérêts temporels et d'être la servante de Mammon, la grande prostituée de l'Apocalypse ; aussi lui résiste-t-on de tous côtés : les franciscains prêchent contre Rome le dépouillement total et la liberté spirituelle ; Joinville et Jean de Meun reprochent aux représentants de l'Eglise leur hypocrisie et leur pouvoir excessif ; les pauvres, agités d'idées messianiques de l'âge d'or, déclenchent en Flandre, en 1280, les premières grèves de l'histoire, s'organisent en troupes autour de moines révoltés (pastoureaux), pillent les greniers de l'Eglise, voient dans le pape et les évêques des figures de l'Antéchrist ; les nobles veulent jouir des richesses de ce monde, hostiles aux trouble-fête que sont les moines et le pape, témoin la tirade sur le paradis dans *Aucassin et Nicolette* (début du XIIIᵉ siècle) ; en 1258, les barons anglais se soulèvent contre Henri III qu'ils jugent trop docile aux demandes du pape [2].

Deux faits nouveaux entraînent de graves remous : *l'essor des universités et le développement des ordres mendiants, franciscain et dominicain.*

Cette période de vive activité intellectuelle est l'âge d'or de la scolastique pour laquelle « penser est un métier dont les lois sont minutieusement fixées » : on apprend à définir les mots (grammaire), on apprend les lois de la démonstration pour exposer et dénouer un problème (logique) ; on s'appuie sur les textes des civilisations précédentes (chrétienne, antique, arabe) pour construire sa propre œuvre, car, selon Guibert de Tournai, « la vérité est ouverte à tous, elle n'a pas encore été possédée tout entière ». Le livre devient un instrument de travail, dont certaines transformations facilitent l'usage : feuilles de parchemin plus minces, format plus petit, minuscule gothique qui permet d'écrire

2. Sur tout cela, lire G. Duby, *op. cit.*, pp. 194-200.

plus vite, multiplication des abréviations, plume d'oie à la place du roseau, diminution de l'ornementation, diffusion des manuels et des cours des professeurs. « Le livre, écrit Jacques Le Goff, a cessé d'être un article de luxe pour devenir un produit industriel et un objet commercial que fabrique et vend un peuple de copistes et de libraires[3]. »

Si, jusqu'au XIIIe siècle, les moines blancs (cisterciens) et noirs (clunisiens), se rattachant tous deux aux bénédictins, restèrent dans leurs monastères, les ermites dans leurs forêts et les reclus dans leurs petites cellules sans se heurter au clergé séculier, en revanche, les ordres nouveaux vécurent dans le monde, parcourant villes et campagnes deux par deux, prêchant et enseignant, mendiant pour vivre, cependant que le développement foudroyant des ordres mendiants suscita de nombreuses vocations parmi les jeunes et les clercs les plus éminents. Saint Dominique fonde son ordre en 1215 à Toulouse ; en 1217, une équipe de sept frères s'installe à Paris où ils seront bientôt cent vingt et se transporteront dans le couvent de Saint-Jacques, pépinière de docteurs. Quant aux franciscains, ils se répandent dans le midi de la France, puis gagnent Paris où ils se groupent successivement près de l'abbaye de Saint-Denis, à Vauvert, à Saint-Germain-des-Prés (1230) et où ils obtiennent, en 1231, une chaire à l'université. A la fin du règne de saint Louis, les dominicains (ou prêcheurs ou jacobins) sont dix mille, les franciscains (ou cordeliers ou mineurs) trente mille, sans compter qu'il naît sans cesse de nouveaux ordres, les carmes constitués en ordre mendiant en 1247, les ermites de saint Augustin, les servites de Florence, les chanoines croisiers des Pays-Bas, les frères sachets de l'ordre de la Pénitence de Jésus-Christ.

Leurs activités, réduites d'abord à la prédication, s'étendent et se diversifient : ils confessent, administrent les sacrements et ainsi concurrencent le bas clergé ; ils se glissent dans les facultés de théologie, ouvrent des écoles pour leurs religieux et les autres clercs, se heurtent aux maîtres séculiers d'autant plus violents que les moines mendiants ne s'associent pas aux grèves et dispensent gratuitement leur enseignement.

Chargés de toutes sortes de missions, ambassadeurs auprès du Grand Khan, aumôniers, réformateurs, médiateurs, fournissant de nombreux dignitaires (évêques, cardinaux, papes, chapelains, inquisiteurs) et des écrivains de grand rayonnement qui multiplient les *sommes* et les *miroirs,* ils sont de plus en plus puissants, en contact avec les foules autant qu'avec les grands de ce monde,

3. Jacques Le Goff, *Les Intellectuels au Moyen Age*, Paris, Le Seuil, 1957.

comme saint Louis qui les défend contre les séculiers, choisit parmi eux son confesseur, le dominicain Geoffroy de Beaulieu, et ses familiers (l'encyclopédiste Vincent de Beauvais, également dominicain), leur confie des enquêtes administratives.

La mendicité choquait les hommes du Moyen Age, elle rejetait hors des cadres normaux ces moines très mobiles qui s'installaient où ils le jugeaient bon. On leur conseillait avec Jean de Meun (vers 1269-1278), dans *Le Roman de la Rose,* de s'enfermer dans des abbayes ; on les accusait avec Rutebeuf d'être hypocrites, de tromper et de voler le monde. Leur richesse scandalisait ; elle provoqua d'ailleurs des divisions parmi les franciscains dont les uns, les spirituels, entendaient demeurer fidèles à l'idéal de pauvreté absolue, et dont les autres, les conventuels, qui l'emportèrent, opposaient à la possession individuelle, interdite, la possession collective du couvent, légitime.

On connaît au XIIIe siècle, surtout à travers les commentaires du philosophe arabe Averroès, *l'ensemble de l'œuvre d'Aristote* : au logicien du XIIe siècle s'ajoutent le physicien, le moraliste de l'*Ethique à Nicomaque,* le métaphysicien. Deux tendances s'affrontent : celle des grands docteurs, Albert le Grand et Thomas d'Aquin, qui veulent concilier Aristote et l'Ecriture, la foi, qui seule donne une certitude, et la raison, moyen d'approche vers cette certitude, et celle des averroïstes, Boèce de Dacie et Siger de Brabant, qui acceptent la contradiction et veulent suivre et Aristote et l'Ecriture. Boèce de Dacie, dont on ne sait comment il a fini et qui sépare radicalement foi et savoir, affirme, dans sa *Summa de bono,* que la plus haute béatitude consiste dans l'exercice de la vertu ici-bas et que la vie humaine doit être guidée par la raison, partie divine de l'homme. Siger de Brabant, condamné par les évêques de Paris et de Cantorbéry et mort en prison (1240-1282), soutient qu'il y a deux vérités et proclame : « Ne parlons pas ici des miracles de Dieu ; c'est sur le plan naturel que nous avons à traiter des choses naturelles. » L'homme doit passer sa vie à étudier pour atteindre la vérité scientifique qu'il faut libérer de l'influence de la théologie.

Après avoir procuré un instrument de connaissance qui avait servi à explorer les mystères de la nature, à classer et à ordonner les espèces et les genres, Aristote fournit une pensée séduisante de fond antichrétien. Pas de création : de toute éternité, les intelligences sont mues par Dieu, moteur premier des sphères célestes ; la matière ni le cosmos n'ont eu de commencement. Pas de liberté pour l'homme : il n'existe ni personne ni destin individuel, mais seulement une espèce humaine ; le corps de chacun se corrompt comme toute chose et meurt ; survit certes la raison, mais c'est une raison commune à tous qui, séparée de sa forme charnelle, va se perdre dans l'impersonnel. L'incarnation et la rédemption n'ont pas de sens dans cet univers nu et abstrait.

Cette influence d'Aristote et d'Averroès s'est exercée dans un cercle restreint, mais à un point central qui réunissait les promoteurs de la culture et les étudiants de la faculté des Arts.

Aussi, après 1250, l'ennemi n'est-il plus le Parfait cathare, mais le Philosophe. Le pape mobilise les ordres mendiants contre Aristote et Averroès : en 1255, il commande à Albert le Grand une réfutation d'Averroès ; en 1258, il établit dans les deux chaires maîtresses de la théologie parisienne deux Italiens, un dominicain et un franciscain, Thomas d'Aquin (qui enseigna à Paris de 1256 à 1259, puis de 1268 à 1272) et Bonaventure.

Le déclin de la papauté et les incertitudes de la foi entraînent *la fin de l'esprit de croisade.* Déjà en 1204, plutôt que d'aller à Jérusalem, les croisés s'étaient emparés, par deux fois, de Constantinople. En Terre sainte, Frédéric II avait conclu un traité de commerce avec l'Infidèle. Louis IX songe-t-il à prendre la croix ? Ses conseillers sont catastrophés. Selon Joinville, « ils firent péché mortel tous ceux qui conseillèrent au roi le voyage ». On lance des croisades non contre les Sarrasins, mais contre les Hussites de Bohême[4]. L'empire latin de Constantinople, fondé en 1204 (quatrième croisade), disparaît en 1261, au profit de Michel VIII Paléologue. Les tentatives de réconciliation entre Rome et les orthodoxes échouent, comme les entreprises de saint Louis, pris à Mansourah en 1250 (septième croisade) et mourant de la peste, en 1270, à Tunis d'où il pensait gagner la Tripolitaine et l'Égypte (huitième croisade). En revanche, le Mamelouk prend Jérusalem (août 1244), Césarée (1265), Jaffa, Antioche (1268), Saint-Jean-d'Acre (18 mai 1291) ; l'Islam s'étend : il atteint l'Inde, l'Insulinde (Sumatra et Java), les côtes d'Afrique orientale, Zanzibar ; il repousse dans les montagnes d'Éthiopie les chrétiens de rite copte, Égyptiens et Soudanais.

Raymond Lulle prône le dialogue avec les adversaires de l'Église. Dans le *Livre du Saint-Esprit* (1276-1278), un Grec et un Latin échangent leurs points de vue devant un mahométan ; dans le *Livre*

4. Il s'agit d'un mouvement nationaliste qui prône la libre prédication de la parole de Dieu, la communion sous les deux espèces, le retour du clergé à la pauvreté apostolique, le jugement des ecclésiastiques par les tribunaux civils pour les péchés mortels et les scandales publics.

du Gentil et des trois sages, un païen tartare interroge un juif, un chrétien et un musulman.

Plus d'élan allègre : les armées occidentales n'avancent plus, chassées de leurs avant-postes. L'Europe est menacée par l'Asie, par les troupes mongoles qui, en 1241 et 1243, pénètrent en Pologne et en Hongrie : on croit y reconnaître les peuples de Gog et Magog, les cavaliers de l'Apocalypse, avant-coureurs de la fin des temps. *La Complainte de Constantinople* de Rutebeuf évoque la menace tartare en 1260.

On prend conscience que la région christianisée ne représente qu'une petite partie de l'univers et on ne peut plus croire au succès prochain de la chrétienté ; que la création est plus vaste qu'on ne l'avait cru et qu'elle est pleine d'hommes qui n'ont pas reçu la parole de Dieu, refusent de l'entendre, ne se laissent pas vaincre facilement par les armes.

De là succède à la guerre sainte le temps des explorateurs, des commerçants, des missionnaires : mieux vaut, pense-t-on, négocier et pénétrer dans ces royaumes par les affaires et la prédication pacifique (Marco Polo). On se rend compte qu'il est barbare et peu chrétien de convertir par la force ou d'exterminer les mécréants. Naît même un nouvel espoir, car on découvre que des communautés nestoriennes survivent sous les khans tartares qui les laissent en paix. Les Mongols passent pour de bons sauvages en qui l'on voit non plus le fléau précurseur du feu de Dieu, mais des alliés possibles qui prendront à revers l'Islam. L'Occident envoie des prédicateurs.

En même temps que l'espace, on découvre le temps : « Le temps jusqu'ici avait formé un bloc homogène où, dans l'exemplarité divine, le passé et l'avenir se trouvaient cohérents au présent, entretenaient avec lui des rapports mystiques. Au regard de l'éternité, l'époque de la Création, celle de la fin du monde se confondaient et l'instant vécu s'y mêlait[5]. » Mais cette notion commence à se désagréger au XIIIe siècle. Humbert de Romans, maître général des dominicains, reçut du pape l'ordre de réfléchir sur l'histoire du schisme grec pour préparer un concile qui tenterait de réunir les deux Églises séparées. Dans son *Traité en trois parties* (1273), il voulut trouver des raisons, et non plus seulement des raisons surnaturelles, aux événements du temps ; il s'évertua à discerner les rapports réels que les faits entretenaient entre eux et ce qui les reliait aux changements perceptibles dans leur environnement matériel et psychologique. Un moment constructif anime

5. G. Duby, *op. cit.*, p. 200.

l'histoire, entraînant la progression des cultures en Ile-de-France et la montée des cathédrales ; mais on a fait l'expérience de l'échec (échecs de saint Louis, chute de l'empereur Frédéric II, de l'empire latin de Constantinople). L'Occidental « ne croit plus à l'unité de l'histoire chrétienne ni à sa nécessité. Elle se découvre à lui contingente, relative, humaine [6] ».

Si l'empire allemand est en crise, au point qu'il n'y eut personne à sa tête de 1250 à 1273, la seconde moitié du XIIIe siècle voit l'*hégémonie de la France,* dont le roi, oint à Reims, a un caractère sacré : Philippe Auguste, dès le début du XIIIe siècle, avait supplanté tous ses rivaux et vaincu l'Empereur ; à quoi s'ajoute le prestige personnel de saint Louis dont on admire la chevalerie et la droiture, qui propose à la noblesse du monde entier un nouvel idéal, la *prudhomie,* fondée sur la crainte de Dieu, et dont l'arbitrage est sollicité dans le Nord, pour la succession des comtés de Flandre et de Hainaut, et en Angleterre, pour ramener la paix entre Henri III et ses barons révoltés (1264) [7]. De son côté, Charles d'Anjou, le frère de saint Louis, dans le sud de l'Italie (où Adam de la Halle ira le rejoindre), obtient le royaume de Sicile (1265) que se disputaient les héritiers de Frédéric II ; il domine la ligue guelfe (partisans des papes) qui unit l'Italie ; il acquiert successivement la Dalmatie, l'Albanie, le Péloponnèse, la couronne de Jérusalem (1277). En 1308, Charles-Robert d'Anjou, son petit-fils, devient roi de Hongrie.

Le français tend à devenir la langue universelle [8], même si le droit, l'administration, la théologie, la rhétorique et la médecine utilisent toujours le latin. Mais on prêche en français, on rédige en cette langue les chartes et les actes de vente, on écrit en français, dès 1275, les chroniques de Saint-Denis. Le français de Paris est admiré de Jean de Meun qui s'excuse des faiblesses de son langage. Les étrangers l'utilisent, Brunetto Latini, Martino da Canale qui compose une prière à saint Marc et une chronique de Venise en langue française qui « cort parmi le monde et est la plus délitable à

6. *Id., ibid.*, p. 201.

7. On peut s'étonner du silence presque total de Rutebeuf à propos de saint Louis (alors qu'il fait allusion à son fils Philippe III le Hardi). Il faut sans doute y voir une double critique : le roi est tombé sous la coupe des moines mendiants et, converti à une vie très simple, il interdit danses et divertissements par des mesures préjudiciables aux jongleurs et ménestrels (voir *La Métamorphose de Renart*).

8. Déjà dans *Le Roman de Renart* (branche Ib, datant de 1190-1195, vers 2367-2368), le goupil, teint en jaune et baragouinant une sorte de franglàis, parle d'aller à Paris pour apprendre le français.

lire et à oïr que nule autre ». Le français se répand en Angleterre sous la forme de l'anglo-normand, langue de la justice, de l'enseignement et de l'Église (mais, paradoxalement, Bouvines avait marqué le début d'un déclin), en Flandre, en Hollande, en Allemagne où des précepteurs enseignent le français, langage de la vie chevaleresque et courtoise ; en Italie, naît une littérature franco-italienne, truffée de traits dialectaux lombards et vénitiens, cependant qu'en Orient les barons francs sont à l'origine d'un sabir, la *lingua franca,* et font rédiger en français les *Assises de Jérusalem,* recueil de coutumes. En 1300, un Anglais proclamait que le *doulz françois* était *la plus bel et la plus gracious language et le plus noble parler, après latin d'escole, qui soit ou monde et de tous gens mieulx prisee et amee que nul autre ; quar Dieu le fist si doulce et amiable principalment à l'oneur et loenge de luy mesme. Et pour ce il peut comparer au parler des angels du ciel, pour la grant doulceur et biaultee d'icel.*

Prestige aussi de Paris dès le XIIe siècle, centre d'intense ébullition intellectuelle, exalté par les clercs urbains qui prônent la clarté du raisonnement, l'exactitude scientifique, l'alliance de la foi et de l'intelligence, condamné par les moines cisterciens qui dénoncent cet enfer de toutes les turpitudes et de la sodomie en particulier et invitent à retrouver le mysticisme oriental. Les étudiants s'y pressent, de quatre à cinq mille sur une population de cent cinquante mille habitants environ. On y fonde des collèges : Sorbonne de Robert de Sorbon, en 1257, collèges de Raoul d'Harcourt et du cardinal Jean Lemoine. Si Bologne demeure la capitale du droit, Salerne et Montpellier celles de la médecine, Paris se distingue par l'étude de la philosophie et de la théologie. Maîtres et élèves convergent vers la rive gauche de la Seine où enseignent des professeurs réguliers du chapitre de Notre-Dame, des chanoines de Saint-Victor, des moines de Sainte-Geneviève, des professeurs indépendants qui ont obtenu la *licentia docendi,* le droit d'enseigner, et où se distinguent des maîtres aussi prestigieux que le Rhénan Albert le Grand, l'Italien Thomas d'Aquin, Siger de Brabant, dans un prodigieux bouillonnement intellectuel et de constantes confrontations qui font de Paris ce paradis de l'intelligence dont le nom revient à plusieurs reprises dans *Le Jeu de la Feuillée,* d'Adam de la Halle. Tous les prélats du monde entier — de Scandinavie, de Hongrie, de Morée ou de Saint-Jean-d'Acre — venaient s'y instruire, et les papes protégeaient l'université de Paris dont certains avaient été les élèves (Innocent III, Innocent V, Jean XXI).

BIBLIOGRAPHIE

I. ÉDITIONS.

Œuvres complètes, publiées par Edmond FARAL et Julia BASTIN, 2 vol., Paris, Picard, 1959-1960 (Fondation Singer-Polignac).

Le Miracle de Théophile, publié par Albert PAUPHILET, dans *Jeux et sapience du Moyen Age,* Paris, Gallimard, « Bibliothèque de la Pléiade », 1943.

Le Miracle de Théophile, publié par Grace FRANK, 2e éd., Paris, Champion, 1949 (Les Classiques français du Moyen Age, 49).

II. TRADUCTIONS.

Poèmes de l'infortune et Poèmes de la croisade, traduits par Jean DUFOURNET, préface de Robert Sabatier, Paris, Champion, 1979 (précédés de deux études, « Rutebeuf ou la complainte du ménestrel », « Rutebeuf et la croisade »).

Le Mariage Rutebeuf et autres poèmes, traduits par Robert GUIETTE, Paris, G.L.M., 1950.

Le Miracle de Théophile, traduit par Roger DUBUIS, Paris, Champion, 1978.

Le Testament de l'âne et *Frère Denise,* traduits par Gilbert ROUGER, dans *Fabliaux,* Paris, Gallimard, « Folio », 1978.

III. ÉTUDES.

Léon CLÉDAT, *Rutebeuf,* 4e édition, Paris, Hachette, 1934 (Les Grands Écrivains français).

Maurice DELBOUILLE, « En relisant Rutebeuf », dans *Marche Romane,* 1960, t. IV.

Roger DRAGONETTI, « Les Poèmes de la griesche », dans *Présent à Henri Maldiney,* Lausanne, L'Age d'homme, 1973, pp. 77-110.

Michel-Marie DUFEIL, *Guillaume de Saint-Amour et la polémique universitaire parisienne (1250-1259),* Paris, Picard, 1972.

Jean DUFOURNET, « Rutebeuf et le *Roman de Renart* », dans *L'Information littéraire,* 1978, n° 1, pp. 7-15 ; « A la recherche de Rutebeuf : 1. Un sobriquet ambigu ; 2. Rutebeuf et la poésie de l'eau », dans les *Mélanges Charles Foulon,* Rennes, 1980, t. I, pp. 105-114 ; « Sur trois poèmes de Rutebeuf : *La Complainte de Rutebeuf, Renart le Bétourné. La Pauvreté Rutebeuf* », dans *Hommage à la mémoire de Gérard Moignet,* Strasbourg, 1980, pp. 413-428 ; « *La Repentance Rutebeuf* ou le mot de la fin », dans les *Mélanges Jacques Stiennon,* Liège, 1982, pp. 175-187 ; « Deux poètes du Moyen Age en face de la mort ; Rutebeuf et Villon », dans *Dies Illa. Death in the Middle Ages,* Manchester-Liverpool, Cairns, 1984, pp. 155-175 ; « Rutebeuf et les moines mendiants », dans *Neuphilologische Mitteilungen,* t. 85, 1984, pp. 152-168 ; « Rutebeuf et *Le Miracle de Théophile* », dans les *Mélanges Alice Planche,* Nice, 1984, pp. 185-197 ; « L'Univers poétique et moral de Rutebeuf », dans la *Revue des langues romanes,* t. 87, 1984, pp. 39-78.

Jean FRAPPIER, « Rutebeuf, poète du jeu, du guignon et de la misère », dans *Du Moyen Age à la Renaissance. Etudes d'histoire et de critique littéraire,* Paris, Champion, 1976, pp. 123-132.

Edward Billings HAM, « Rutebeuf Pauper and Polemist », dans *Romance Philology,* t. 11, 1957, pp. 226-239 ; *Rutebeuf and Louis IX,* Chapel Hill, The University of North Carolina Press, 1962.

Omer JODOGNE, « L'Anticléricalisme de Rutebeuf », dans *Lettres romanes,* t. 23, 1969, pp. 219-244.

Germaine LAFEUILLE, *Rutebeuf,* Paris, Seghers, 1966.

Nancy REGALADO, « Two Poets of the Medieval City : Rutebeuf and Villon », dans *Yale French Studies,* t. 32, 1964, pp. 12-21 ; *Poetic Patterns in Rutebeuf : a study in noncourtly poetic modes of the thirteenth century,* Newhaven-Londres, Yale University Press, 1970.

Michel ROUSSE, « *Le Mariage Rutebeuf* et la fête des fous », dans *Le Moyen Age,* t. 88, 1982, pp. 435-449.

Paul ROUSSET, « Rutebeuf poète de la croisade », dans *Zeitschrift für schweizerische Kirchengeschichte,* 1966, pp. 103-111.

Arié SERPER, « La Foi profonde de Rutebeuf », dans la *Revue de l'Université d'Ottawa.* t. 33, 1963, pp. 337-342 ; « L'Influence de Guillaume de Saint-Amour sur Rutebeuf », dans *Romance*

Philology, t. 17, 1963, pp. 391-402 ; « Le Roi saint Louis et le poète Rutebeuf », dans *Romance Notes*, t. 9, 1967, pp. 1-7 ; *Rutebeuf poète satirique*, Paris, Klincksieck, 1969 ; *La Manière satirique de Rutebeuf, le ton et le style*, Naples, Liguori, 1972.

Paul ZUMTHOR, « Roman et gothique : deux aspects de la poésie médiévale », dans *Studi in onore di Italo Siciliano*. Florence, 1965, t. II, pp. 1223-1234.

NOTES

Poèmes de l'infortune

Page 33. LE GUIGNON D'HIVER

Titre. Le mot *griesche,* qui est le féminin de l'adjectif *gré, grieu, griu,* « grec », désignait un jeu venu de Grèce, qui évoquait alors la lâcheté et la déloyauté, sans parler de l'influence de *grief,* « malheur, chagrin, dommage ». C'est une parodie du *topos* de la *translatio studii :* ce n'est plus la *clergie,* ce n'est plus la *chevalerie* qui viennent de Grèce, mais le vice.

Vers 7. Le vers *Dont moult me sont changié li ver* a un double sens, un sens propre, « j'ai changé de manière d'écrire », et un sens figuré, qui est celui de notre traduction.

Vers 89. L'image est empruntée au vocabulaire des tisserands. La *trame* désigne le fil fabriqué qui, entrecroisé avec la « chaîne », sert à tisser l'étoffe. Quand la trame *faut,* vient à manquer, il faut évider et filer pour en avoir. Au sens figuré, si les ressources font défaut, il faut penser à s'en procurer.

Vers 96. Le *Change* des banquiers était situé sur le Grand Pont, devenu le Pont-au-Change à partir de 1369.

Vers 102. Mais aussi « on te fera crédit ».

Vers 104. Le mot *faille,* qu'utilise à plusieurs reprises Rutebeuf, désignait une « sorte d'étoffe » et signifiait « manque, échec, rien ».

Page 41. LE GUIGNON D'ÉTÉ

Vers 17. Expression du jeu d'échecs : « ... un joueur, obligé de déplacer une pièce couvrant le roi, fait tomber celui-ci sous l'échec d'une pièce de l'adversaire. »

Vers 69. Dans le texte, *d'un nu despris,* qu'on peut lire aussi : *nu d'esprit.*

Page 49. LE DIT DES GUEUX DE GRÈVE

Titre. La Grève était une place de Paris, au bord de la Seine; c'est aujourd'hui la place de l'Hôtel-de-Ville. Elle fut déserte jusqu'au milieu du XIe siècle. C'est là que se réunissaient les ouvriers sans travail : ils allaient en place de Grève, ils faisaient la grève. C'était un port important qui alimentait tout Paris en vin, en blé, en grains, en bois, en charbon, en sel, en foin, un lieu de fêtes populaires et un lieu d'exécution.

Vers 5. Le pourpoint était un vêtement de dessous auquel s'attachaient les chausses.

Vers 6. Le surcot était une tunique, portée sur la cotte, avec ou sans manches.

Page 51. LA MÉTAMORPHOSE DE RENART

Titre. Bestourné signifie « transformé de manière à tromper ».

Vers 1. Renart désigne à la fois le héros du *Roman de Renart* et les moines mendiants.

Vers 13. Il y a jeu sur *brie* (1. terre pauvre, berrie; 2. terre de Simon de Brie, légat du pape Urbain IV; 3. la Brie) et sur *vignoble* (1. plantations de vigne; 2. vigne du Seigneur; 3. Champagne).

Vers 21... pescheor/Dedenz la mer : pêcheur en mer, pêcheur d'hommes comme les moines mendiants, pêcheur trompé comme le loup Isengrin par Renart.

Vers 40. Dame Poufile : reprise du *Roman de Renart,* branche Va.

Vers 46. Il s'agit de Darius III, dont il est question dans le *Roman d'Alexandre.*

Vers 53. Plaisanterie banale avec jeu de mots sur *empire* (1. empire; 2. en pire). Cf. *La Paix de Rutebeuf,* vers 17.

Vers 56-63. Allusion aux mesures d'austérité qui avaient affecté jongleurs et ménestrels en 1261.

Vers 68. Roonel, chien du *Roman de Renart,* symbole de l'austérité peu aimable, de l'agressivité et de l'envie.

Vers 71. Jeu de mots sur le nom propre *Senart,* notre forêt de Sénart. Le mot comporte *sen* (« sens », « intelligence ») et *art* (« habileté », « ruse ») dont le roi est dépourvu.

Vers 99. Isengrin, loup du *Roman de Renart,* symbole de la gloutonnerie, de la cupidité, de la cruauté, de la mort et de l'enfer.

Vers 102. Bernard, âne du *Roman de Renart,* symbole de la lubricité et de la sottise.

Vers 104. Ces quatre-là sont les quatre nouveaux et faux évangélistes, les quatre familiers de Noble dans *Le Roman de Renart,* les quatre principaux ordres mendiants.

Vers 130. Primaut, dans *Le Roman de Renart,* n'est pas le fils du loup Isengrin, mais son frère.

Vers 131. Aucun fils de Renart ne s'appelle ainsi dans *Le Roman de Renart. Grimaut* rappelle le nom du blaireau Grimbert, cousin et allié de Renart.

Vers 136. Ils auront la corde, autour du ventre, comme de parfaits cordeliers, méchants et cupides, ou bien autour du cou, comme des pendus.

Vers 145. Avaloingnes : mot mystérieux, sans doute créé par Rutebeuf sur *Avalon* et *aloignes,* « détails ». Avalon est l'île où se réfugia Arthur, mortellement blessé, et d'où il devait un jour revenir, du moins dans l'espérance des Bretons dont Rutebeuf se moque dans *Brichemer,* aux vers 15-16.

Vers 157. L'*once* est la bête rusée et féroce de l'Apocalypse, la figure de l'Antéchrist, et, d'autre part, elle est liée à Alexandre le Grand dans le *Commentaire sur Jérémie* de saint Jérôme.

Page 61. LE MARIAGE DE RUTEBEUF

Vers 1. C'est le jour de la Fête des Fous.

Vers 36. Dans le texte de Rutebeuf, nous avons *en s'escuele,* « dans son écuelle ».

Vers 57. Mot à mot : « Je suis là où le maillet enfonce le coin. »

Vers 69. Si a fou et tramble. Triple jeu de mots : 1) « il y a du hêtre et du tremble » ; 2) « il y a un fou qui tremble » ; 3) « il y a du feu et des tremblements ».

Page 71. LA COMPLAINTE DE RUTEBEUF

Vers 54-55. Double sens possible : « Mon cheval a cassé la jambe d'une chienne. »

Vers 86. Jeu de mots sur *tanner :* 1) « tanner du cuir » ; 2) « faire souffrir ».

Vers 141. Au milieu du XIIIe siècle, on s'efforça d'assainir Paris en curant les égouts. Il semble que ce soit un certain maître Orri qui fut chargé de ce service.

Vers 162. Voir la note relative au vers 1 de *La Complainte du comte de Poitiers,* p. 183.

Page 83. LE DIT D'ARISTOTE

Vers 2. Très célèbre au Moyen Age, Alexandre le Grand était le type accompli du preux et un modèle de générosité ; il est la parfaite synthèse du héros médiéval : héros épique par ses exploits guerriers, ses victoires, ses conquêtes et sa démesure, héros romanesque par son goût du risque et de l'aventure, sa chance, sa curiosité tournée vers la quête des merveilles et l'exploration des terres étranges, par sa générosité et sa largesse. Le poème de Rutebeuf s'adresse sans doute à Philippe III le Hardi.

Vers 4. Il s'agit du livre I de l'*Alexandréide* latine de Gautier de Châtillon (vers 85-104 et 150-162).

Vers 27. On ignore de quel roi d'Égypte il s'agit.

Page 89. La Paix de Rutebeuf

Vers 1. C'est-à-dire : mon protecteur.

Vers 45. Il s'agit du détracteur qui lui a nui.

Page 95. La Pauvreté de Rutebeuf

Vers 4. Ce noble roi de France est sans doute Philippe III le Hardi.

Vers 22. Deux expéditions : il s'agit peut-être des expéditions à Foix en 1272 et dans le Béarn en 1276.

Vers 42. Saint Pou. Jeu de mots entre *pou,* « peu » et saint *Pol, Poulz, Pou,* l'apôtre Paul.

Vers 44. Noster : second mot du *Pater noster,* et idée de possession (individuelle et collective).

Vers 47. Sur *Credo,* jeu de mots fréquent au Moyen Age : c'est à la fois le *credo,* la prière, et le crédit.

Page 99. Le Repentir de Rutebeuf

Titre. Ce titre est celui des manuscrits C et D. Le manuscrit A porte comme titre *La Mort Rustebeuf.*

Vers 43. C'est la Vierge Marie.

Vers 57. Rutebeuf a écrit une *Vie de sainte Marie l'Égyptienne.*

Vers 79. Renart désigne ici les frères mendiants.

Vers 82-84. Rutebeuf renonce au monde pour vivre loin de ses tentations et de ses ruses; les autres sont libres de continuer à risquer leur salut éternel. Il n'est pas certain qu'il s'agisse pour le poète d'entrer en religion.

Page 107. De Brichemer

Vers 1. Brichemer désigne le cerf dans *Le Roman de Renart.*

Vers 2. Le jeu de la briche est défini ainsi par Edmond Faral dans *La Vie quotidienne au temps de saint Louis,* Paris, Hachette, 1942, pp. 207-208 : « Au milieu des joueurs rangés en cercle, un meneur de jeu, tenant à la main un bâtonnet, va de l'un à l'autre à mesure qu'on l'appelle et qu'on lui demande son bâtonnet, la briche. Il finit par le remettre à celui-ci où à celui-là, mais sans qu'on puisse savoir à qui, si l'on n'a pas vu de ses yeux. Un autre joueur, celui qui est sur la sellette, et qui a été tenu à l'écart, est alors appelé et il doit découvrir le détenteur de la briche. Le rôle du meneur de jeu est de l'égarer par ses discours. »

Vers 16. Les Français se moquaient des Bretons qui croyaient au retour du roi Arthur, et l'on en parlait par métaphore au sujet de choses qui n'avaient aucune chance d'arriver.

Poèmes pour prier Notre-Dame

Page 113. L'*AVE MARIA* DE RUTEBEUF

Vers 37. Théophile avait vendu son âme au diable et fut sauvé par la Vierge. Rutebeuf a écrit un *Miracle de Théophile.*

Vers 106. D'après les récits évangéliques, Marie habitait Magdala (de là son nom de Madeleine) et était pécheresse. Convertie par Jésus, elle se présenta un jour à Capharnaüm dans la maison de Simon, se jeta aux pieds de Jésus, les arrosa de ses larmes, y répandit un parfum de prix et les essuya de ses cheveux. Pour cet acte de repentir, Jésus déclara que sa foi l'avait sauvée. Depuis ce jour, elle fut constamment associée aux saintes femmes.

Page 125. LA CHANSON DE NOTRE-DAME

Vers 12. On remarquera que cette strophe joue sur le mot *fol,* comme la suivante sur le mot *Marie.*

Page 131. LES NEUF JOIES DE NOTRE-DAME

Ce poème, à tort ou à raison, a été attribué à Rutebeuf. Quel qu'en soit l'auteur, il avait une excellente connaissance de la Bible, bien supérieure en tout cas à celle que pouvait avoir un chrétien moyen au XIIIe siècle. En plus de cette vaste culture biblique qui se manifeste par des références constantes à l'Écriture, que ce soit à l'Ancien ou au Nouveau Testament, l'auteur avait une connaissance étendue des œuvres patristiques. Nous retrouvons trop souvent dans ce poème les idées si chères à saint Bernard pour qu'il s'agisse là d'un simple fait du hasard.

Vers 13. Esther, jeune juive très belle qu'épousa le roi de Perse Assuérus : « Esther alla une seconde fois parler au roi. Elle se jeta à ses pieds » (*Esther,* 8, 3).

Vers 14. « Là, ôtant le sac qui l'enveloppait et quittant ses habits de deuil, elle (*Judith*) se baigna, s'oignit de parfums, peigna sa chevelure, ceignit un turban et revêtit le costume de joie... » (*Judith,* 10, 3).

Vers 15. « Le roi Assuérus donna à la reine Esther la maison d'Aman... Le roi avait repris son anneau à Aman » (*Esther,* 8, 1-2).

Vers 16. « Par deux fois, elle le frappa à la nuque, de toute sa force et détacha sa tête » (*Judith,* 13, 8).

Vers 30. Li jaianz de double sustance : c'est le Christ dont la nature est double, divine et humaine. Voir *In festo circumsionis Domini sermo* (*Patrologie latine* de Migne, t. 171, p. 396).

Vers 31-32. « Il (*David*) mit la main dans son sac et en prit une pierre qu'il tira avec la fronde. Il atteignit le Philistin (*Goliath*) au front : la pierre s'enfonça dans son front et il tomba la face contre terre. Ainsi David triompha du Philistin avec la fronde et la pierre » (*Premier livre de Samuel,* 17, 49-50).

Vers 39. « Alors je vis surgir de la mer une Bête portant sept têtes et dix cornes... Cette Bête ressemblait à une panthère, avec les pattes comme celles d'un ours et la gueule comme une gueule de lion » (*Apocalypse,* 13, 1-2).

Vers 41. « Rachel avait belle tournure et beau visage, et Jacob aimait Rachel » (*Genève,* 29, 17-18).

Vers 42. Saraï, devenue Sara, femme d'Abraham et mère d'Isaac (*Genèse,* 12, 5, 11 et 17).

Vers 43. « Voici que j'étends sur l'aire une toison : s'il y a de la rosée seulement sur la toison et que tout le sol reste sec, alors je saurai que tu délivreras Israël par ma main, comme tu l'as dit. Et il en fut ainsi. Gédéon se leva le lendemain de bon matin, il pressa la toison et, de la toison, il exprima la rosée, une pleine coupe d'eau » (*Juges,* 6, 37-38).

Vers 44. « L'Ange de Yahvé se manifesta à lui sous la forme d'une flamme de feu jaillissant du milieu d'un buisson. Moïse regarda : le buisson était embrasé mais ne se consumait pas » (*Exode,* 3, 2).

Vers 81-83. « Qu'est-ce là qui monte du désert, comme une colonne de fumée, vapeur de myrrhe et d'encens et de tous les parfums exotiques ? » (*Cantique des Cantiques,* 3, 6).

Vers 89-93. « Un signe grandiose apparut au ciel : c'est une femme ! Le soleil l'enveloppe, la lune est sous ses pieds et douze étoiles couronnent sa tête » (*Apocalypse,* 12, 1).

Vers 167-168. « Il entra chez elle et lui dit : “ Salut, comblée de grâce, le Seigneur est avec toi ”... Marie dit : “ Je suis la servante du Seigneur ” » (*Luc,* 1, 28 et 38).

Vers 180-181. « Comment m'est-il donné que la mère de mon Seigneur vienne à moi ? » (*Luc,* 1, 43).

Vers 185-188. Matthieu, 2, 1 et 11.

Vers 189-192. Luc, 2, 25-33.

Vers 198-200. Marc, 16, 19.

Poèmes de la croisade

Page 151. LA COMPLAINTE DE CONSTANTINOPLE

Vers 17. En 1262, Geoffroi de Villehardouin avait dû abandonner plusieurs positions du Péloponnèse ; en 1263, la Morée sera encore menacée par Constantin Paléologue, le frère du nouvel empereur grec de Constantinople.

Vers 25. En 1260, on s'était vivement inquiété d'une menace tartare ; le 10 avril 1261, au cours d'un conseil tenu par saint Louis à Paris on lut une lettre du pape qui invitait les rois d'Angleterre et de France à une action commune et on prit des mesures intérieures pour apaiser la colère de Dieu.

Vers 28. Jaffa tombera le 7 mars 1268, Acre le 18 mai 1291, Césarée le 5 mars 1265.

Vers 31. Antioche tombera le 19 mai 1268.

Vers 37. La Crète sera occupée par les troupes de l'empereur grec en 1263.

Vers 42. Aioul était le héros d'une chanson de geste des XIIe-XIIIe siècles.

Vers 45. C'est une attaque contre les moines mendiants accusés d'introduire des nouveautés doctrinales et confondus avec Gérard de Borgo san Donnino, auteur du *Liber introductorius ad Evangelium aeternum,* commentaire de la *Concordia novi et veteris Testamenti* de Joachim de Flore.

Vers 63. Voir la note relative au vers 1 de *La Complainte du comte de Poitiers,* p. 183.

Vers 92. Il s'agit de condamnés qu'on envoyait en Terre sainte pour expier leurs fautes et dont certains désertaient, se joignant même aux musulmans.

Vers 103. Au cours de l'assemblée du 10 avril 1261, on avait décidé des prières et des jeûnes, des sanctions contre les blasphèmes, la suppression du superflu, l'interdiction des tournois, des jeux et des danses, afin de calmer Dieu et de se préparer à la croisade.

Vers 127. Ogier le Danois était le héros de plusieurs chansons de geste, comme *La Chevalerie d'Ogier de Danemarche* ou *Les Enfances Ogier.*

Vers 139. Captivité : allusion à la condamnation d'Enguerrand IV de Couci en 1259.

Vers 142. Naime était un conseiller écouté de Charlemagne, en particulier dans *La Chanson de Roland.*

Vers 144. Les jacobins portaient une robe blanche et noire, les cordeliers une robe grise.

Vers 169. Geoffroi de Sergines, mort le 10 ou le 11 avril 1269, acquit une très grande réputation pour sa résistance en Terre sainte. Devenu en 1236 l'homme lige de saint Louis, il fit partie de son conseil. Sergines se trouve entre Sens et Provins, aux confins de la Champagne.

Vers 180. Lire de longues matines est employé au sens figuré. L'office des matines se célébrait la nuit.

Page 165. LA CHANSON DE POUILLE

Vers 1. Le pape Urbain IV avait décidé de chasser du royaume de Sicile Manfred, le fils naturel de Frédéric II, pour en donner le trône à Charles d'Anjou, frère de saint Louis. Le 4 mai 1264, il ordonna de prêcher la croisade contre Manfred ; en septembre 1264, il écrivit au roi de France pour le prier d'aider son frère qualifié de roi de Sicile. Clément IV, qui succéda à Urbain IV, continua sa politique. Le 26 février 1266, Charles d'Anjou sera victorieux à Bénévent où Manfred trouvera la mort. Le 14 avril et le 16 juin 1266, Clément IV ordonnera de cesser la prédication de la croisade pour la Sicile et de prêcher pour la Terre sainte.

Vers 33. Attaque contre les moines mendiants.

Vers 57. C'est Jean de Châtillon, fils de Hugues Ier, comte de Saint-Pol et de Blois, époux d'Alix, fille de Jean Ier de Bretagne.

Page 171. LA COMPLAINTE D'OUTREMER

Vers 3. Ces *romanz divers* sont sans doute les chansons de geste ou des chansons consacrées à la croisade.

Vers 51-56. Cf. *Matthieu,* 10, 37.

Vers 58. Roland, héros de la chanson de geste du même nom, symbole des chevaliers se sacrifiant pour Dieu.

Vers 75. En prison : à Mansourah en 1250, lors de la septième croisade.

Vers 90. Geoffroi de Sergines : voir la note relative au vers 169 de *La Complainte de Constantinople.*

Vers 105. Centième : allusion à l'impôt établi en 1263 pour cinq ans.

Vers 116. Il s'agit du psaume 116 qui ne comporte que deux versets : « Louez Yahvé, tous les peuples, fêtez-le, tous les pays ! / Fort est son amour pour nous, pour toujours sa vérité. »

Vers 151. Godefroi IV de Bouillon, un des héros de la première croisade, avoué du Saint Sépulcre (1099-1100).

Vers 158. Engelier, un des douze pairs de Charlemagne, étranger d'ailleurs aux guerres d'Orient.

Vers 159. Tancrède, petit-fils de Robert Guiscard, neveu de

Bohémond Ier, prince d'Antioche (1104-1112) ; Baudouin Ier de Boulogne, comte d'Édesse, roi de Jérusalem (1100-1118).

Vers 164-165. « Ceux de Tharse » désigne les Tartares. Les Coramins ou Kharismiens étaient une peuplade établie au sud de la mer d'Aral.

Page 183. LA COMPLAINTE DU COMTE DE POITIERS

Vers 1. Il s'agit d'Alphonse, comte de Poitiers et de Toulouse, frère de saint Louis, qui mourut à Savone le 21 août 1271, au retour de l'expédition de Tunis. Ce fut l'un des principaux protecteurs de Rutebeuf.

Vers 7. Le flanc du Christ percé par la lance de Longin.

Vers 41. Traduction du psaume 110, 10 : *Initium sapientiae timor Domini.*

Vers 140. Rutebeuf fait allusion au neveu du comte, Philippe III le Hardi, roi de France.

Poèmes contre les moines mendiants

Page 195. LE DIT DES CORDELIERS

Vers 29. Rutebeuf va commenter chaque lettre du mot *Menor,* forme médiévale de *mineur.*

Vers 30. M se prononçait *am-me* et comportait un jeu de mots avec *âme.*

Vers 37. Dans le texte de Rutebeuf, nous avons *ane,* qui signifie « cane ». La lettre N était prononcée, comme le mot *ane, an-ne.*

Vers 53. L'adjectif *torte* a deux sens : « qui boite » et « qui est dans son tort ». Il s'agit de l'abbesse Alix de Vitry. Les cordeliers, installés dans les faubourgs de Troyes dès 1236, avaient manifesté l'intention en 1247 de se transporter dans la ville, dans le quartier de la Broce-aux-Juifs. Ils se heurtèrent alors, d'une part, au chapitre de la cathédale Saint-Pierre et au curé de Saint-Remi, d'autre part, à l'abbaye de Notre-Dame-aux-Nonnains et au curé de Saint-Jean-au-Marché.

Vers 47. Ce sont les pelisses de religieuses bénédictines.

Vers 74. On peut comprendre aussi : « ils *(les cordeliers)* ont prononcé mainte et mainte sévère parole. »

Vers 93. Monseigneur Ytier : c'est peut-être le curé de Saint-Jean-au-Marché, qui dépendait de l'abbaye de Notre-Dame.

Page 207. LA DISCORDE DE L'UNIVERSITÉ ET DES JACOBINS

Vers 15-16. Rutebeuf dénonce les efforts déployés par les dominicains pour reprendre la chaire et l'école qui leur avaient été retirées en février 1252. Ils s'appuyaient sur le Saint-Siège pour venir à bout de l'université.

Vers 29. Demis : pains d'obole équivalant à la moitié de la denrée.

Vers 53-54. Rutebeuf s'en prend ici aux franciscains, appelés aussi cordeliers à cause de la corde à nœuds qu'ils portaient en guise de ceinture.

Page 213. LE PHARISIEN

Titre. Rutebeuf emprunte le titre à un sermon de Guillaume de Saint-Amour du 13 août 1256.

Vers 48. En fait, Rutebeuf reprend l'argumentation de Guillaume de Saint-Amour dans le *De periculis novissimorum temporum ex scripturis sumptis.*

Vers 69. Sans doute, par cette expression imagée, est-il fait allusion aux rétractations d'universitaires comme Odon de Douai et Chrétien de Beauvais qui avaient cédé aux injonctions de Rome.

Vers 99. Allusion possible à la condamnation de Guillaume de Saint-Amour en 1257.

Vers 101. Thème fréquent de la venue de l'Antéchrist annoncée par de faux prédicateurs.

Vers 112. C'est-à-dire l'Antéchrist.

Page 221. LA COMPLAINTE DE GUILLAUME DE SAINT-AMOUR

Vers 32. César, c'est-à-dire le roi saint Louis; *saint Pierre* représente le pape.

Vers 33. Guillaume de Saint-Amour exilé dans son village natal.

Vers 35. Les universitaires.

Vers 50. Chastel Landon : ville du Gâtinais dont les habitants passaient pour être satiriques.

Vers 67. Saint-Amour : bourg du Jura.

Page 233. LES RÈGLES DES MOINES

Vers 61. Saint Paul, *Épître aux Romains,* 8, 18 : *Existimo enim quod non sunt condignae passiones hujus temporis ad futuram gloriam, quae revelabitur in nobis.*

Vers 77-83. Allusion à l'accord du 1er mars 1256, selon lequel les frères mendiants n'auraient pas plus de deux écoles dans l'université et ne seraient admis dans la communauté universitaire que du plein gré des séculiers.

Vers 84. Le pape annula cet accord le 17 juin 1256.

Vers 154. Rutebeuf attaque les béguines qui dépendaient spirituellement des frères prêcheurs.

Vers 157. Il s'agit des guimpes froncées des béguines.

Vers 178. Ce texte est celui du philosophe et moraliste latin Boèce, *De consolatione philosophiae,* 3, 5 : *Nulla pestis efficacior ad nocendum quam familiaris inimicus.*

Page 245. LE DIT D'HYPOCRISIE

Vers 24. Cette grande cité est Rome. La scène se passe lors de l'élection d'Urbain IV en 1261.

Vers 62-66. Voir *Jean,* 19, 38-39.

Vers 117. Rutebeuf, après bien d'autres, dénonce la vénalité de la cour de Rome.

Vers 157. On expliquait le mot *Roma* de la manière suivante : *Roma ROdit MAnus.*

Vers 173. C'est un proverbe, qui signifie « acheter sans vérifier la livraison ». Peut-être livrait-on les chats dans des sacs qu'on n'ouvrait pas au moment de l'achat de peur d'être griffé.

Vers 174-175. Il s'agit d'expressions figurées empruntées au jeu d'échecs.

Vers 227. Camelin : étoffe de poils de chèvre mélangée de laine.

Vers 317. C'est le mont Saint-Bernard.

Page 265. LA CHANSON DES ORDRES

Vers 5. Les *papelards* étaient les hypocrites qui remuaient les lèvres (*papeler,* du verbe *paper*) pour marmonner des prières et faire croire à leur piété ; les *béguins* formaient, comme les béguines, une sorte d'ordre qui se distinguait par le costume.

Vers 13. Ce sont les dominicains, dits aussi jacobins.

Vers 19. Ce sont les franciscains, dits aussi cordeliers.

Vers 37. Les frères de la Sainte-Trinité et des captifs, qui existaient dès la fin du XIIe siècle, reçurent, en 1229, de l'évêque de Paris, l'hôpital Saint-Mathurin (de là leur nom de Mathurins). Ils devaient consacrer le tiers de leurs revenus au rachat des chrétiens prisonniers des infidèles et n'avoir comme montures que des ânes.

Vers 43. Les carmes, appelés barrés à cause de leurs chapes rayées de bandes, apparurent dans Paris après 1254 et s'installèrent sur la rive droite de la Seine, à l'emplacement de la caserne des Célestins.

Vers 49. Les frères de la Pénitence de Jésus-Christ, appelés sachets car ils allaient, par esprit de pauvreté, vêtus d'un simple sac.

Apparus à Paris avant 1260, ces moines d'une extrême rusticité furent installés en 1261 par saint Louis sur la paroisse Saint-André-des-Arcs.

Vers 55. Les Filles-Dieu, qui vivaient près de l'actuelle porte Saint-Denis, c'est-à-dire hors de Paris, jouissaient de la protection particulière de saint Louis.

Vers 61. Les béguines, dont l'entretien était assuré par le roi, vivaient dans le siècle et ne prononçaient pas de vœux.

Vers 67. Les trois cents aveugles ou Quinze-Vingts furent établis par le roi dès 1260 au nord de la Seine, à l'angle des rues Saint-Honoré et de Rohan.

Vers 73. Les guillelmites, fondés au XIIe siècle, vivaient sous la règle de saint Benoît ; ils s'établirent à Montrouge en 1256.

Page 273. LE DIT DES BÉGUINES

Vers 17. *Marthe* représente la vie active et *Marie* la vie contemplative.

TABLE

POÈMES CONTRE LES MOINES MENDIANTS

DOSSIER

DÉJÀ PARUS DANS LA COLLECTION

91.	Victor Hugo	*Les Contemplations.*
92.	Tristan Corbière	*Les Amours jaunes.*
93.	Paul Verlaine	*Fêtes galantes, Romances sans paroles* précédé de *Poèmes saturniens.*
94.	Paul Morand	*Poèmes.*
95.	Charles Baudelaire	*Petits Poëmes en prose.*
96.	François Villon	*Poésies.*
97.	Victor Segalen	*Stèles.*
98.	Toukârâm	*Psaumes du pèlerin.*
99.	Marguerite Yourcenar	*Fleuve profond, sombre rivière.*
100.	Gérard de Nerval	*Poésies et Souvenirs.*
101.	Paul Éluard	*Le livre ouvert.*
102.	Paul Valéry	*La Jeune Parque.*
103.	Paul Claudel	*Connaissance de l'Est.*
104.	Pierre de Ronsard	*Les Amours.*
105.	Jean de La Fontaine	*Fables,* Livres I à VII.
106.	Jean de La Fontaine	*Fables,* Livres VIII à XII.
107.	Dante	*Vita Nova.*
108.	Virgile	*Énéide.*
109.	Joachim Du Bellay	*Les Regrets. Les Antiquités de Rome.*
110.	William Shakespeare	*Sonnets.*
111.	Paul Verlaine	*Sagesse. Amour. Bonheur.*
112.	Robert Desnos	*Destinée arbitraire.*
113.	Stéphane Mallarmé	*Igitur. Divagations. Un coup de dés.*
114.	Aragon	*Les Poètes.*
115.	Alfred de Musset	*Premières Poésies. Poésies nouvelles.*
116.	Francis Ponge	*La rage de l'expression.*
117.	Pablo Neruda	*Mémorial de l'Île Noire* suivi de *Encore.*
118.	Victor Hugo	*Les Châtiments.*
119.	Alfred Jarry	*Les Minutes de sable mémorial. César-Antechrist.*
120.	Guillevic	*Sphère.*
121.	Rainer Maria Rilke	*Vergers.*
122.	Paul Éluard	*Donner à voir.*

123. *** — *Anthologie de la poésie japonaise classique.*
124. René Char — *Le Nu perdu.*
125. Marguerite Yourcenar — *Présentation critique de Constantin Cavafy (1863-1933).*
126. Octavio Paz — *Versant Est.*
127. Guillaume Apollinaire — *Le Poète assassiné.*
128. Cesare Pavese — *Travailler fatigue. La mort viendra et elle aura tes yeux.*
129. Jules Laforgue — *Poésies complètes, I.*
130. Jules Laforgue — *Poésies complètes, II.*
131. Paul-Jean Toulet — *Les Contrerimes.*
132. Paul Verlaine — *La Bonne Chanson. Jadis et naguère. Parallèlement.*
133. André Pieyre de Mandiargues — *Le point où j'en suis.*
134. Rabindranath Tagore — *Le Jardinier d'amour.*
135. Francis Ponge — *Lyres.*
136. Aloysius Bertrand — *Gaspard de la Nuit.*
137. Aragon — *Le Crève-cœur.*
138. Novalis — *Les Disciples à Saïs. Hymnes à la Nuit.*
139. Max Jacob — *Le Laboratoire central.*
140. Pier Paolo Pasolini — *Poésies 1953-1964.*
141. Victor Hugo — *Odes et Ballades.*
142. Francis Jammes — *Clairières dans le Ciel.*
143. Alfred Jarry — *Gestes et opinions du Docteur Faustroll. L'Amour Absolu.*
144. Antonio Machado — *Champs de Castille.*
145. Alphonse de Lamartine — *Méditations poétiques.*
146. Joë Bousquet — *La Connaissance du Soir.*
147. Giuseppe Ungaretti — *Vie d'un homme.*
148. Jacques Audiberti — *Des Tonnes de semence. Toujours.*
149. Germain Nouveau — *La Doctrine de l'Amour.*
150. Raymond Queneau — *Courir les rues. Battre la campagne. Fendre les flots.*
151. Victor Hugo — *Les Orientales. Les Feuilles d'automne.*

152. Pierre Reverdy — *Ferraille.*
153. José-Maria de Heredia — *Les Trophées.*
154. Théophile Gautier — *Émaux et Camées.*
155. Ossip Mandelstam — *Tristia.*
156. *** — *Anthologie de la poésie chinoise classique.*
157. Paul Éluard — *Une leçon de morale.*
158. Yves Bonnefoy — *Poèmes.*
159. Giacomo Leopardi — *Canti.*
160. Max Jacob — *Derniers poèmes en vers et en prose.*
161. Edgar Poe — *Poèmes.*
162. Victor Hugo — *Les Chansons des rues et des bois.*
163. Émile Verhaeren — *Les Campagnes hallucinées. Les Villes tentaculaires.*
164. Pierre Mac Orlan — *Poésies documentaires complètes.*
165. François Malherbe — *Poésies.*
166. Alain Bosquet — *Sonnets pour une fin de siècle.*
167. Lorand Gaspar — *Sol absolu.*
168. *** — *Anthologie de la poésie française du XXe siècle.*
169. Victor Hugo — *Les Chants du crépuscule. Les Voix intérieures. Les Rayons et les Ombres.*
170. Maurice Fombeure — *Les étoiles brûlées.*
171. Emily Brontë — *Poèmes.*
172. François Pétrarque — *Canzoniere.*
173. Louise Labé — *Œuvres poétiques.*
174. Jules Romains — *La Vie unanime.*
175. Édouard Glissant — *Le sel noir.*
176. Jean Cocteau — *Vocabulaire. Plain-Chant.*
177. Claude Roy — *Sais-tu si nous sommes encore loin de la mer ?*
178. Marceline Desbordes-Valmore — *Poésies.*
179. Jean Follain — *Usage du temps.*
180. Marie Noël — *Les Chansons et les Heures.*

181. Maurice Maeterlinck — *Serres chaudes. Quinze Chansons. La Princesse Maleine.*
182. Pablo Neruda — *Chant général.*
183. Maurice de Guérin — *Poésie.*
184. André Frénaud — *La Sorcière de Rome.*
185. Federico Garcia Lorca — *Suites. Sonnets de l'amour obscur.*
186. Maurice Scève — *Délie.*
187. Georges-Emmanuel Clancier — *Le paysan céleste.*
188. Victor Hugo — *La Fin de Satan.*
189. Goethe — *Le Divan.*
190. Marguerite Yourcenar — *La Couronne et la Lyre.*
191. *** — *Anthologie de la poésie française du XIXe siècle.*
192. Paul Claudel — *Art Poétique.*
193. Philippe Soupault — *Georgia. Épitaphes. Chansons.*
194. Victor Hugo — *L'Année terrible.*
195. Nicolas Boileau — *Satires. Épîtres. Art poétique.*
196. Jorge Luis Borges — *Œuvre poétique, 1925-1965.*
197. Alain Bosquet — *Poèmes, un.*
198. Pierre de Ronsard — *Les Quatre Saisons.*
199. André Frénaud — *La Sainte Face.*
200. Guillevic — *Du domaine.*
201. Henri Michaux — *Plume.*
202. Charles Leconte de Lisle — *Poèmes barbares.*
203. Victor Segalen — *Odes. Thibet.*
204. Charles Péguy — *Le porche du mystère de la deuxième vertu.*
205. Michel Deguy — *Poèmes II, (1970-1980).*
206. André Salmon — *Carreaux.*
207. Robert Mallet — *Quand le miroir s'étonne.*
208. André Gide — *Les Cahiers et les Poésies d'André Walter.*

Ce volume,
le deux cent neuvième de la collection Poésie,
a été achevé d'imprimer sur les presses
de l'imprimerie Bussière à Saint-Amand (Cher),
le 11 août 1986.
Dépôt légal : août 1986.
Numéro d'imprimeur : 869.
ISBN 2-07-032378-1./Imprimé en France.

38531